等一朵花开

胡纯 著

北方文艺出版社

图书在版编目（CIP）数据

等一朵花开 / 胡纯著. - - 哈尔滨：北方文艺出版社，2023.1
ISBN 978-7-5317-5738-2

Ⅰ.①等… Ⅱ.①胡… Ⅲ.①中篇小说-小说集-中国-当代②短篇小说-小说集-中国-当代 Ⅳ.①I247.7

中国版本图书馆 CIP 数据核字（2022）第 258491 号

等一朵花开
DENG YIDUO HUAKAI

作　者 / 胡　纯

责任编辑 / 赵　芳　　　　装帧设计 / 书香力扬

出版发行 / 北方文艺出版社　　网　址 / www.bfwy.com
邮　编 / 150008　　　　　　 经　销 / 新华书店
地　址 / 哈尔滨市南岗区宣庆小区 1 号楼
发行电话 / （0451）86825533

印　刷 / 成都兴怡包装装潢有限公司　开　本 / 880mm×1230mm　1/32
字　数 / 146 千　　　　　　　　　　印　张 / 6.25
版　次 / 2023 年 1 月第 1 版　　　　 印　次 / 2023 年 1 月第 1 次印刷

书　号 / ISBN 978-7-5317-5738-2　定　价 / 48.00 元

目 录

雁归 ... 001

衣带渐宽终不悔 ... 027

南江 ... 110

过尽松陵路 ... 126

大雨滂沱 ... 147

日常 ... 167

目送 ... 173

雾之泪 ... 183

雁归

皖浙交界有一个小小的村子叫雁归村。村子户籍上有一百多户人家,可长年住这儿的也就几十位老人和一群孩子。

雁归村周围全是连绵的高山,只有一条狭窄的盘山公路连进来,到村中心为止。有山溪从高山流下来,蜿蜒地穿过村中心。沿着山溪边的泥土路往上游走,翻过两个山头,再走一段路,就能走到贫困户汪核树的家中。

前几天一直下雨,春雨淅淅沥沥,泥土路坑坑洼洼都是水,特别不好走。雁归村新到任的第一书记叶文跟在村支书汪松树的后面,走走歇歇,已经走了两个多小时的路。

叶文的头发都被汗水濡湿了,一缕一缕地贴在圆圆的脸上。他的白衬衫也湿透了,可以拧出水来。

他气喘吁吁地说:"还有多久才到户?"

汪松树是走惯了山路的,背着手,慢悠悠地晃着,不紧不慢地说:"快到了!"

山路两边是竹林。这片竹林有些年头了,竹子好些都有海碗那般粗,叶子是深绿的,在阵阵山风里摇曳出起伏伏的涛声。

叶文抬头看,路弯曲往上,看不到头。竹林往上是密林,树叶青翠逼人。他回头,自己已经走了很长一段盘山路。有薄薄的云烟萦绕在半山腰,似披上了一层轻纱,景色静美如画。

他突然想起了一句话,顺口念了出来:"青山有幸埋忠骨。"

汪松树没听懂:"叶书记,你说啥?"

叶文说:"没啥,随便说说。"他用手背擦了一下汗,用力甩掉,然后低下头,一步步往上爬。这还是他第一次徒步走这么长的山路,体力早就不济,直喘气儿,只觉得双脚跟灌了铅一样,每一步都走得非常艰难。

汪松树说:"叶书记,太远了,下次我替你跑算了。"

叶文扶着路边的竹子,边歇气边说:"那怎么行!"雁归村的四十七家贫困户,他不仅每一家都要走访到,而且要经常去。他瞧着很多竹林里有些小坑,"这里的竹笋也有人挖啊?"

村中心附近竹林的竹笋给挖得差不多,叶文不奇怪。这里距离村中心可有段路了,而且村里剩下的大部分是老人。

汪松树说:"有啊,挖来做笋干。外头拉到山里的菜贵,很多人吃不起,笋干腌菜一年吃到头。"

走几步便休息好一会儿,又走了快一个小时,叶文总算见到密林深处依山建有一座两层的土楼。土楼建了有几十年了,很破败。下面一层很矮,开了两个栅栏门,里头都堆着柴。上面那层才是住人的。土楼侧面有青石砌成的台阶,可以直接上二楼去。

汪松树喊了一声:"核树哥!"

叫了几声,里面没人应答。

汪松树说:"大概去采茶了。还要进去吗?"

叶文说:"进去看看吧!"

来之前,叶文就看过贫困户的资料。这户人家只有爷爷汪核树和孙女汪茶茶两个人。汪核树身体不好,老婆前年就得病去世了。他儿子在他孙女半岁时,打山核桃摔死了,等他儿子下葬后,儿媳妇就改嫁了。

听说汪茶茶身体不好,走不动路,天天待在家里。

叶文走进屋里。土楼里面不大,采光不好。三间屋子,当中是堂前,左边是厨房,右边是住人的。约莫是没钱装修,房子里应该装门的地方都空着没装,就像一个行将就木的老人缺了大门牙。

叶文先去厨房看了看。揭开锅盖,大铁锅里煮的粥冒着热气。灶台上的一个蓝边碗里放着小半碗腌辣椒。

右边屋子里有收音机的吱吱声。

叶文问:"我可以进去吗?"

汪松树说:"进去看看不要紧。他家就一个孙女在,今年八岁了。"

正午,也就住人的这间屋子靠窗的那块亮堂些。屋子里就摆着一张木板床、一张长条桌子和一个小衣柜。一只黄皮大猫团在长条桌上,桌子上的老旧收音机开着。山里的信号断断续续的,收音机的声音也就时不时地变成吱吱声。

一个瘦小的女孩抱膝缩在木板床的一角,瞪着一双乌溜溜的眼睛,像一只警醒胆怯的小野兔。她看到叶文身后的汪松树,这才腼腆地笑起来,小声说:"六爷爷。"

这孩子看起来最多五岁,比实际年龄小很多。她头发枯黄打结,身上衣服倒是半新,只是太脏了,看着特别可怜。

汪松树说:"茶茶,你爷爷呢?"

汪茶茶说:"上山去了。"

汪松树介绍:"茶茶,这是我们村新来的叶书记,以后会经常来看你。"

汪茶茶点点头,眨了眨眼睛:"叶书记,我什么时候可以上学?"

叶文说:"茶茶秋天就可以报名了。"汪茶茶今年满七周岁,应该上小学一年级了。雁归的教学点在村中间的汪氏祠堂里。路远的学生是可以寄宿的。到时候,他想办法解决汪茶茶的食宿就好。

汪茶茶眼睛发亮:"真的?那太好了。"她跳下床来,蹦了两下,然后立即蹲下来,大口大口地喘着气。

叶文赶紧扶起汪茶茶:"茶茶,你怎么了?"他觉得汪茶茶的手心有点烫。

汪茶茶脸色惨白:"没什么事,等下躺会儿就好。"她躺下后,喘了好一会儿,呼吸才慢慢地平稳下来。

汪松树说:"这孩子生下来弱。都快九岁了,走不动山路。她爷爷几年前背她去镇里卫生所瞧过,说是营养不良,要吃好的。可他们家哪有那个钱!"

叶文看着墙上深到顶的裂缝:"危房改造应该有补贴,我们可以帮忙申请。"

汪松树眉头皱着:"不够啊!山里人工贵,材料运进来也不便宜。算下来,他自己肯定得花钱。他家拿不出来!"

踏出汪核树家的门,叶文心里沉甸甸的。有政策兜底,可汪核树自己有高血压,腰椎间盘突出,汪茶茶也老是吃药。一年下来他们药费自费部分就很多。政府节节慰问,再加上汪核树自己赚一点儿,他们家也不过就是勉强糊口。

可像汪核树这样的情况,不止一户。年轻的,有门路的,都离开了雁归村。大部分人也就是采茶、打山核桃和过年的时候回来一下。

山路崎岖,叶文每一步都走得很沉重。

日光晴朗,天空蓝得通透,偶尔有几缕薄云飘过。从高处看雁归村，村中心房屋高低错落，聚在一起，就如一只展翅的大雁南飞到青山间。一条溪水恰好从大雁尾部进村，从大雁嘴里吐出来，穿村而过，恰似一条泛着粼粼波光的白练。

景致美得像一首清淡的山水诗，只可惜藏在深山人不知。

跑了一周，叶文走访了村里所有贫困户。然后和汪松树召开了村干部全体会议。村委会原先计划盖三层办公楼。建了两层后，实在没钱了，这办公楼就成了半拉子工程。现在村干部还在祠堂旁边的破旧书院里办公。

叶文说："我看了，大部分贫困户都年老，鼓励这批人出门打工脱贫不现实。去帮扶老人们养动植物，很多人精力跟不上，肯定不能帮扶所有人去种植。我看我们村景色好，完全可以发展深度旅游。祠堂、书院都可以收拾起来，后山风景好，再往山里走还有个溶洞，村里的旅游资源是很丰富的。"

汪松树带头说："叶书记说得很对。我们一直有这个想法，想搞农家乐。只是——"他环顾了一周，说，"村里基础设施太差。路就到村中心，高山上的两个小组，就是原来的雁来、雁飞两个自然村，各有十几户不通车。那两个地方有电，没有网络，也没自来水，要挑水吃。汪核树家更是，不通电，还点煤油灯呢！村里信号不好，过年人回来，好多人手机都是没信号。"

叶文说："村边有一大块空地，可以考虑整体搬迁。"

这就是外行话了。

村主任汪柏树转着笔："叶书记，您说起来容易，不可能做到！他们的山核桃树、茶叶、地都在那儿附近！而且他们一代代都住那儿，祖坟都埋在那儿附近，叫他们搬，他们大部分人都不肯的！就算有些人愿意搬，村里没钱，他们下来要自己盖房子，盖不起啊！再说了，村里不能白给他们盖房子，不然村里其他人有意见！"

汪松树忙打圆场："说来说去，都是钱的事儿。村里也想帮着大家日子好过些！可这要投资，还不是一点儿钱！"他说，"叶书记，你县里熟悉，你看，你能不能先帮着咱们把大楼盖好。当时我盖的时候，就想着大楼呢，底下两层给学校，一楼三个教室，二楼隔成宿舍。我们这帮人办公就在三楼挤一挤。这样可以把祠堂和书院都空出来。"

叶文说："汪支书，你还有什么想法？"

汪松树说："雁飞、雁来小组整体搬迁肯定不现实。能不能把去这两个小组的路面加宽硬化，能通车，再让村民喝上自来水。村里最好能有基站，让信号好一些。村中心也要整治一下。有的地方还是泥土路。要搞旅游，最好都铺石头，至少也得是水泥。祠堂书院也得修一修。有些电线缠在一起，过年的时候，我都提心吊胆的，特别怕着火。"

想将这几件事情办下来，目前，资金缺口就很大了。叶文就带了五万的项目援助款来，完全不够用！

叶文一边在笔记本上简要地记下来，一边问："还有呢？"

汪松树一口气说了很多，端起半旧的瓷缸咕咚咕咚地喝了几口水，放下瓷缸继续说道："咱们村种水稻和玉米，再有点蔬菜，都是辣椒、茄子、韭菜之类。主要经济作物就是茶和核桃。收入不太高。有些人会上山挖点中药去卖。除了搞农家乐，叶书记还有什么好办法，让大家赚多点？"

开会之前，汪松树把几个村委都叫过来，开了一个小会，把这些困难都摆了出来。脱贫的任务重，但政府给的政策也多，他们几个也想村里搭上这股东风，让大伙儿的日子好过些。

说到这里，他清了清嗓子。

汪柏树立即接话："我再插几句。城里人来玩，都是开车来，肯定要修停车场。出去打工的人过年时开回来的车一年比一年多，都没地方放。还有村里应该有一个村医。老人一年年老，小孩子有个头疼脑热的，去镇里二十多里路，真不方便。还有人跟我说，村里打谷场太破了，想修整一下，也搞点什么健身器材。有几个跟我提出来，也想跳广场舞，也买了小音响，可那儿没插座。"

这也是他们商量好的，先说最难的，再说容易处理些的。

叶文立即说："我打个报告，可以先把村里的打谷场修一修，在戏台子上安插座，让大家先能跳广场舞。"

村会计汪杨树翻了翻手里的笔记本："叶书记，有个事儿还得向你汇报一下,村里修大楼,外头还欠着工程款十二万六千四百元。当时说好是今年还的,你看怎么处理啊?哦,村里账上没多少钱了,一共有四千三百二十二块!"

叶文没有当场表态,合上笔记本:"我明天去一趟县里,向有关部门汇报一下。"

晨光熹微,驾车行驶在弯曲的山间公路上,入目都是春日美景。叶文却无心欣赏,肩上的重担比他来挂职之前想象得要多。

要办的事情很多,千头万绪,他不知道从哪里开始做起。

东华政法大学毕业后,他就考进了检察院,办了几年案子,然后调到政法委办公室搞文字材料。每天上班,他大部分时间都是对着电脑,勤勤恳恳地敲键盘,很少有机会接地气。在合适的年纪读书、工作、结婚、生子,叶文的日子很平淡,几行字就能概括他这三十多年的经历。

这次来挂职,是单位指派的。叶文是一个很服从安排的人,接了这份活,就打算认认真真地干好。当他一头扎进去,才发现农村的情况很复杂。他是土生土长的城里人,在他的记忆和印象里,农村就是田园牧歌般的存在,可现实给他好好上了一课。

雁归村是很美,美得如诗如画,可确实是偏远贫困。

叶文把村干部第一次会议上每个人的发言情况都在脑子里

过了一遍，仔细地回想了一下他们的神情，不难看出他们在开会前已经商量过了。

他们一股脑抛出的难题是实实在在的，态度也没毛病，但那架势就是让叶文觉得有些不舒服。那些村干部对他是疏离的，并不信任，仿佛他就是一个彻头彻尾的外人。

到了单位，叶文敲开了政法委书记赵凌飞办公室的门。

"赵书记，情况大概就是这样。"叶文简单地汇报后，说了自己的看法，"我觉得，目前雁归村的问题有三个：第一，基础设施太差，这需要大量资金的投入；第二，村民收入需要开源，这需要投资和产业扶持；第三，劳动力不足，发展后，劳动力会有很大的缺口。"

赵凌飞点头："小叶，你放手干。有需要单位出面的，我们一定会支持。"

叶文说："还有一个事，我觉得雁归村的村干部跟我有距离。"

赵凌飞笑了："小叶啊，开始有距离，正常！脚上不沾点泥，你怎么能跟我们群众打成一片呢？"

叶文若有所思地点点头。

不久之后，打谷场和戏台子的修葺工程也开工了，就从村里招人来修。叶文拉着汪杨树把预算做得很精细，力求把每一分钱都用在刀刃上。算下来，五万元的项目资金能留下三万多一点儿。

和汪松树、汪柏树几个人反复讨论后，叶文改了原先大楼的设计方案。剩下的三万多把村委会办公楼收拾好了。墙刷白，水电接好。政法委又捐赠了一批办公设备和教学设备。村委会和学校过些日子就都可以搬过来了。

比原设计少了一层楼，村里的干部们少不得挤一挤，就要了半层，一大一小两个办公室和两间宿舍。学校占了一层多。学生宿舍和老师办公室、宿舍都在二楼。一层有两个教室，另外的空间隔成了四个小房间。其中一个预备做小诊室，一个是村民活动室，另外两个小房间暂时空着。

基层组织标准化建设，改善教学点的环境，给村民提供医疗服务，建村民活动室都是民生工程，本来上面就有项目支持。赵凌飞书记又出面，多次带着叶文在各单位奔走，多方协调，在政策允许的范围内，能替雁归村争取过来的资金都帮着争取过来了。

到了七月底，看着焕然一新的新大楼，叶文稍稍松了口气，只是很快就皱起眉头。解决欠账是一个方面，更重要的是提高村民的收入，让他们过上好日子。

汪松树背着手悄悄地走过来："叶书记，我有事儿，想跟你说。"这几个月，汪松树一直在留意叶文，确认叶文是踏实做事、不怕麻烦的人，才愿意把村里的秘密和盘托出。

事情还得从七百多年前说起。雁归村那时候叫严归村，一村子住的都是姓严的人。一户姓汪的人家，为躲避战乱，从北边辗转乔迁至这里。起先汪姓人家只是在村边住着，开垦了几亩薄田，勉强度日。几代繁衍下来，汪家人丁兴旺。而严家偏偏男丁一代比一代少。到了明末清初，两家势力就不相上下了。

为了争里正的位子，两家大打出手。汪家族长和严家族长约定，谁家输了就要答应另外一家一件事，还写下了契约。又过了几代人，几番争斗后，严家彻底落败。当时的汪氏家族的族长便拿出了那纸契约，逼着所有严家子孙改成了汪姓，拆了严家的祠堂，还将严家人赶到贫瘠的地方住，把严归村改成了雁归村！

这就造成了一个奇特的现象。后来虽然严家的子孙生前都姓汪，去世后，在墓碑上也刻着汪姓，但他们自己有一个严氏族谱。那个族谱一代代传下来，记载着每一个姓严的子孙，到现在都没有断。

雁归村说是都姓汪，实际上却是两家人。这梁子结了几百年，到现在还有影响。

汪松树说："村里复杂得很。严家的子孙后代住在雁飞、雁来小组，有时候我一个人去那儿，会被他们请出来。修路的事成不了，跟他们有关系。他们想往县城方向，离村子十几里的一个分岔口开个口子，接到他们组上，绕过雁归村。"

汪松树展开了地图，一一指点给叶文看。

从地图上看，路从雁归村经过，穿雁而来，再到雁飞，然后接到浙江那边的路，从那里上高速，是最近的选择。

叶文说："就为以前那些事僵着？"

汪松树点头："徽州人重宗族啊！现在还好一些。我认为，无论是汪家人，还是严家人，都是雁归村的人。为了村子好，大家该商量着办好大事。"

叶文点点头。

当天十点多，叶文顶着炎炎烈日，揣着一包饼干和一个水杯，一个人就往雁来那边去。从雁归村子里到雁来组是砂石路，还能骑着电瓶车，颠簸着到。过了雁来组，就全是羊肠小道，得靠着两条腿翻山越岭了。

电瓶车骑不快，叶文骑了四十多分钟，才到雁来组上。到之前，他在路边停了一会儿，就着水吞光了饼干，然后再进去。

村民有农活忙。要找人，得在饭点去。现在是中午，大部分村民都会回家吃午饭。上次贫困户家摸底，叶文来过这儿几次。他凭着记忆，摸到雁来组的组长汪兴勇家里。

汪兴勇正端着海碗大口吃着饭，很惊讶。"叶书记？"他热情地招呼，"叶书记吃饭了没有？在我家吃点儿吧！"

叶文扫了一眼。汪兴勇穿着半旧的迷彩服T恤，军绿色的裤脚上都是泥，脚上是一双半旧的球鞋。他家中午的菜就两个，一碗腌羊角，一碗土酱煮豆腐。汪兴勇算是雁来组混得好的。可想而知，雁来组其他人的日子就更不好了。

叶文说："我吃过来的。"

汪兴勇问："叶书记有什么事？"

叶文是来找汪兴勇求证的："兴勇哥，坐！我来有三件事儿。第一件事儿是要鼓励大家种经济作物，初步考虑，山坡上的空地都种黄蜀葵。县里会给苗，还会有技术指导。第二件事儿是鼓励村里的青壮年出去打工，政府有政策，会给务工人员培训，还会想办法解决一部分路费。第三件事儿就是修路的路线。"说到这里，叶文停住了。

汪兴勇还是挂着热情的笑容："叶书记是听到什么风了吧！"他放下碗，"前头两件事儿，是好事，我们组上都会支持。这修路嘛——"他顿了顿，笑容不减，"修路是好事，我们组上早就盼着车子可以开进家门。只是修路需要征地啊！"

叶文说："征地会有补偿，现在补偿不低。"

汪兴勇拿着筷子在桌上比画："村里是想从这里开路。我们组水田少，这路一开，那些田就有大半搭进去。还有我们组上的茶叶、山核桃树，也要砍去不少。叶书记，你说，我们组上的征地工作怎么做？是，征地一次给不少钱，可以后呢？没有田，没有茶叶，没有山核桃，我们吃什么，喝什么？不是我们不支持村里工作，可村里确实也得为我们的以后想个出路。"

叶文开门见山："听说这里以前叫严家村……"

汪兴勇摆摆手，笑了："叶书记都知道了，我就不多说了。我们组上的老人可能还有那些想法。可现在年纪小点儿的人，都不是很在意。最主要的是，村里拿出的那个路线，我们组的村民经济上损失太大。要是换一条路，就不一样了。我们组上就不会被占用太多好山好地。"

可选择那条线路，雁归村的很多好山好地就没了！

叶文从汪兴勇家出来，往雁飞组走，半道上，就被一位七十多岁的老太太拦住了。叶文很快就想起这是贫困户陈槐香："陈大娘，有什么事啊？"

陈槐香不仅是贫困户，还是低保户。她早年守寡，有一个独生女儿。本来招了上门女婿，他们一家人可以把日子过下去。谁知道女婿出门打工，跟人跑了。偏偏祸不单行，女儿害了重病，一病不起。陈槐香膝下只剩下还在外头读大学的孙女。

陈槐香别扭了一会儿，很艰难地开口："叶书记，那路，村里能不征我家地吗？你叫我种啥黄蜀葵，我就种点。能不征我家地吗？"

这事,叶文没办法承诺。他说:"村里会再研究的,不会让大家吃亏。"

陈槐香直抹眼泪:"我家就只剩下溪水边那点地了,就水边的那点,叶书记,你见到过的。我也就种点菜吃吃。叶书记,你就行行好吧!我家老头去得早,梅梅还在读书,她能自己管好自己就不容易了。我一个人就靠种点菜,养鸡下点鸡蛋换米吃!叶书记,能别征我家的地吗?我可就屋前那点地了。"她扯住叶文,反反复复地哭诉。

叶文好言好语地劝着:"陈大娘放心,该帮着你申请的补助,该替你争取的权益,我们都会去做的。你看,你家梅梅还有一年多就毕业了,你的好日子还在后头呢!"

之后去的雁飞组,也是差不多的情况。小组组长态度含糊,组上的村民有人出来诉说困苦。叶文是半夜才从雁飞组回到村子里的。他心里有数了,路比想象中难修!村里有村里的想法,组里也有组里的想法,互相都不太信任,两方都觉得自己的方案才有道理。而且很明显,两方都不愿意各退一步。

黄蜀葵明年开春才能种植,本来叶文想等山核桃打好,就开始着手修路的事,可没想到第一关选址就成了问题。

毕竟刀子落在谁的身上,谁都会疼。

山里的空气非常干净。站在高处,叶文可以看见满天星空。路边茂密的草丛中传来虫鸣阵阵,像是高高低低的风铃声，搅得他心绪不宁。

叶文一个人站了很久。山风微凉，他穿着短袖汗衫，感到冷，又感到身上很痒，忍不住打了个寒战。他便继续往山下走。等他到村里时，发现自己露在外头的肌肤被叮了大大小小一堆包。他喷了花露水都没有用，还是很痒，忍不住去抓，那些红包越抓越大，有几个还被他抓破了，流了血。

这晚叶文睡得很不踏实。他本来就痒得难受，心里又记挂着村里的事，翻来覆去地在床上烙饼，后来实在太困倦了，迷迷糊糊睡着了，在梦里重重地叹了口气。

过了几天，赵凌飞来雁归村慰问困难群众。叶文陪着他在村里四处走一走。赵凌飞看出叶文有心事，主动开口："小叶，又有什么难处了？"

叶文简单地汇报："是修路的事儿。通往雁来、雁飞组里的路，路线上，村里和组里意见不统一。两条路，两个方向，非此即彼。"

赵凌飞笑笑："所以做群众工作，可是一门大学问。协调好各方的关系，做通大家的思想工作，让大家都乐意接受这件事。修路呢，得听听县里规划部门的意见，有些是科学，有些是规章制度程序。"

叶文眼睛一亮，这几天，他就一直在村里、组里相左的意见中打转，根本没有跳出来去看待这个问题。

赵凌飞说:"有空往人家家里多跑跑。见面三分情,熟了,有些话就好说,有些工作不需要怎么费力,就可以做通了。"

叶文连连点头:"谢谢赵书记点拨。"

扶贫工作,县里大力支持。路线很快就敲定了,就是拓宽原有路宽到三米六,然后将路面硬化。这一条路线,占的好地少。

山核桃采摘结束后,叶文再一次揣着水杯和饼干,骑着电瓶车,来到汪兴勇的家中。他到的时候,汪兴勇正在自己屋前的一小片菊花地里。一株菊花有几个分杈,每个分杈都有几个小花苞。大部分花苞都是绿色的,只有少数一点儿露出里头的黄色。汪兴勇把一些太小的花苞掐掉了。

叶文看着新奇:"怎么掐了?"

"叶书记,"汪兴勇手上活儿不停,"这样菊花才能长得大。金丝菊花大朵的才值钱。最好的,老板来收,要五块一朵。"

叶文说:"金竹岭那里菊花多。我们雁归村种菊花的,我还是第一次见。兴勇哥怎么想起来种的?"

汪兴勇看着菊花田,脸上都是笑:"嗯,我妹妹嫁到那边的。这些苗是我从我妹夫那里搞来的,今年种种看。反正我妹夫有熟悉的老板,卖得掉。"

叶文说:"这是你家的自留地吧。这一年能出多少菊花?"

汪兴勇说:"我也是第一次搞。试试。"

叶文走到田里,饶有兴趣地摸了摸花苞:"这一朵最大能多大呢?"

汪兴勇比画了一下:"用纸杯泡一朵,那花涨开,比纸杯口还大呢!那种能卖五块一朵呢!"他搓了搓手,一脸憧憬。

叶文说:"我在上海读书的时候,在小咖啡馆里坐过,你说的那种菊花,在上海的小咖啡馆要二十八块钱一杯。这还是十几年前的价格,那还不是什么大咖啡馆。"

汪兴勇眼睛一亮:"哇!这么贵啊!"

叶文说:"对啊,所以有些经济作物,比如黄蜀葵的价格,也是很高的。除了种茶叶、山核桃,我们还可以种点别的。只要人不懒,东西质量好,找得到买家,那就能赚钱!咱们山里不是有野生猕猴桃吗,我看有的人打山核桃时会顺手摘了,再拿到城里去卖,价格也很不错。现在的人都喜欢原生态。"

汪兴勇说:"是啊,没人管的野茶价格也好。"

茶叶上,叶文还是懂一些的,就跟汪兴勇说了下去。两人越说越投机,不知不觉距离就近了。

汪兴勇热情地将叶文请到自己家里。他翻出来一个编织袋:"我妹妹去年给了我两斤菊花,我就过年来人泡了点,叶书记尝尝看。"编织袋里是一个黑色塑料袋,再打开里面还有一层袋子。等他再打开,发现里面的菊花都散了,不成朵,还有些发霉了。他不断地摸着菊花:"唉,可惜了,不能喝了。"

叶文说:"我在店里看过,一个塑料袋包着一朵大菊花,外头再套一个小纸盒子,小纸盒再放到一个漂亮的大礼盒里,价格翻几番。"

汪兴勇说:"可不是,包装得好,价格就卖得高。我家茶叶是等老板来收的。前面有户人家就自己搞包装,自己卖,钱就赚得多。"

叶文提议:"你们也可以农户直销啊!"

汪兴勇答道:"我也想啊,一来也不知道怎么包装,二来也不知道上哪里找买家。"

这方面的政策,叶文一直留意:"县里有这方面的免费培训,教人怎么上网去直接卖产品。真要滞销,我们也会想办法,帮大家打开销路。至于包装的事,我可以去汇报,看看请哪位老师来教一教大家。"

汪兴勇看叶文的眼神更加热情:"好啊!"

叶文说:"我们下一步准备推广种植的黄蜀葵,也会帮着想销路。黄蜀葵种植不难,可以入药,可以吃。哦,黄蜀葵还可以榨油呢!单卖,一斤要两百多块!这还是网上的价格。反正黄蜀葵浑身都是宝。花开的是黄花,还可以观赏。到开花的时候,我们也搞个摄影节什么的,争取把雁归村的黄蜀葵的牌子喊亮,让人一提到我们雁归村,就想起来是种黄蜀葵的地方,吸引一些游客过来。现在好多人都不太喜欢寻常的景点了,等交通搞好了,车能到,起码周边会有人过来。相信没过多久,就有人来兴勇哥这儿,喝着菊花茶,吃着农家饭,看着咱们这儿的美景。到时候兴勇哥可要忙了!"

汪兴勇很兴奋,双手用力地搓着:"忙好!忙点好!我们不怕吃苦!有钱赚,多好啊!"

和村民们距离近了,说话就随意了许多。

叶文一家家地走,听村里人说话。靠着这样的走动,工作进一步开展。新路的路线也定了下来。资金很快到位,十月中旬动工修路。村里上下齐心,干起事来,又快又好。到了春节前,路就通了。这条路在雁归村西边,就叫西雁公路。为了日后进一步开发旅游,西雁公路经过后山的溶洞,还在合适的地方修了停车位和大小两个停车场。

村旁边多建了一个基站,光纤入了户。从外地打工回来的村民都很高兴,可以把小汽车直接开到家门口了,还能用手机上网了。

冬天不知不觉过去了。春天又来了。村子里原先的荒地都种上了黄蜀葵。叶文在山坡上转了一圈,摸了摸小苗嫩绿的叶子,想象着日后的丰收,心里涌起一阵喜悦和自豪。

有老板来投资,祠堂和书院修好了,溶洞也在开发中。有几个老房子还给人包下了,敲敲打打,重新装修了一番,搞起了民宿。

这个小山村,在悄无声息地改变着,而且会越来越好。

这一年,叶文几乎吃住都在雁归村里,不知不觉,对这个小村有了深厚的感情。他站了站,然后转回到村委会。他一去就看见汪茶茶坐在台阶上,托着下巴,看着太阳发呆。周末,其他孩子都回家了,学校里就汪茶茶一个学生在。

叶文走过去:"茶茶,感冒好些了吗?"

汪茶茶三天两头生病。好在医院有帮扶,镇里卫生所有新分配来的年轻医生轮流来这里坐班,可以就近照顾她。可也不知道是怎么回事,这孩子感冒特别难治,卫生所的医生很奇怪,建议带汪茶茶上县里看看。可自打汪茶茶在学校寄宿,汪核树就去县里打工了。他在一个地方当门卫,一个月一千五百块,包吃包住。有空的时候,他还接零工,算下来,一个月能挣两千多元。所以带汪茶茶深入检查这事儿也就耽搁下来。

汪茶茶烧得满脸通红,仰着纤细的脖子,很吃力地说:"好一点儿了。叶叔叔,我爷爷什么时候回来?"

叶文说:"我帮你打个电话吧。"

汪茶茶甜甜笑着:"谢谢叶叔叔。"

电话很快打通。汪茶茶捧着电话:"爷爷,我想你了。"

汪核树在电话那头笑着:"茶茶乖,在学校里要听老师的话。爷爷过几天就回去,给你买了奶糖。"

汪茶茶眼睛一亮，跳了起来："太——"话卡在她嗓子里，再没蹦出来，汪茶茶脸色苍白，软软地往后一倒。

叶文开车一路风驰电掣，汪茶茶平躺在后座上，村里轮班的医生陪着，手里一直高高举着输液瓶。

副驾驶上坐着汪松树的老婆周桂花，她皱着眉头："这孩子怎么回事啊？"

年轻的医生说："可能是法洛四联症引发的心衰！"她只在书上看过这样的病例，"具体要检查后才能确诊。"

在县医院检查后，汪茶茶得的确实是法洛四联症，而且等她生命体征稳定后，要立即送往省一级的大医院开胸手术。但治疗费用可能高达几十万。

一夜之间，汪核树就白了头。他蹲在医生办公室的门口，红着眼圈，半天一句话都说不出来。他和汪茶茶的日子才好过些，却又遇到这个事！

本来预计汪核树家今年就可以脱贫了，但现在……不可能了！

叶文都不知道怎么劝："村里会替你想想办法。医生说了，这个病治得好。治好后，能跟正常孩子差不多。"

过了很久，汪核树擦了把眼泪："叶书记，都是命！等茶茶好些，我带孩子就在县里住着吧！"见叶文还要劝，他说，

"叶书记,知道你好心!可我连您这次垫付的钱都还不上!实在是没那么多钱哪!我们过哪算哪吧!"

叶文看着心里堵得慌。也不是汪核树一家遇到这个情况。有几个村民家也是,本来过得还算可以,可家里有人生了大病,就把家底掏空了。

谁都不想生病,可有时候得了病,也真是没办法,总是得治。可这治疗费,不是所有人家都能出得起的。

叶文说:"省里有个健康扶贫'351''180'政策。贫困户到省里看病年度自付最多一万元。我们县里应该很快也会有对应的政策出台。"

汪核树眼睛亮了:"真的?"

叶文坚定地说:"对!先给茶茶看病吧!"

汪核树喜极,直淌眼泪:"我家茶茶有救了!"

县里政策很快就出台了。汪核树便带着汪茶茶去了省里看病。等汪茶茶手术成功,从儿童重症监护室里转到普通病房的时候,已经是梅雨季节。

雁归村连续一周都在下雨。雨不大,但很绵密,土地都松了。叶文和几个村干部在山里各处塌方风险点踏查。有时候,走在山里小路上,会看到碎石、泥土从山上簌簌地往下落。最悬的一次,一块巨大的石头就在叶文前面不到一米处滚下来,差点砸中他!

然而，与死神擦肩而过的叶文，并没有退缩。这是他该做的事，哪怕再危险，他都义不容辞。

爬惯了山，叶文没有最初来时爬得那么累了。他可以一口气从山脚走到山顶，再从山顶走下来，中途不需要休息。

他看着烟雨里的群山，很发愁，雨再这样下下去，一些低洼地方黄蜀葵的苗可就没用了，得抓紧时间挪走！他和村里的干部一合计，就赶紧去帮着村里人抢救黄蜀葵的苗。

到了下午，春雷滚滚，雨越发大了。到了下午四点多，天上都是沉沉的乌云，那雨就跟水缸装满了水倒扣过来一样，哗啦啦往地上砸。

叶文虽然穿着雨衣，但衣服已经湿透了。他的裤脚、鞋子被黄泥浆糊了厚厚的一层。他赶到雁来组，帮着村民把黄蜀葵的苗从低处移到高处去。

往日清浅的山溪水变成很浑浊，夹杂着碎石块和树木的枝叶，从上头汹涌地流下来。叶文想起来："陈槐香家怎么样了？"

汪兴勇也浑身都是泥水。他擦了一下额头，冷汗都吓出来了："哎呀！快点去！她家住在溪水对岸，险着呢！"

叶文去过好几次，是知道路的："她家是泥房子！得赶紧转移！"这时候，他顾不上去移栽黄蜀葵苗了，救人要紧！他说："看这架势，水还要涨。住在地势低洼地方的群众，都要转移！汪大哥，这边就交给你了！我去陈槐香家。"

汪兴勇问："叶书记，你会游泳不？我再叫一个人跟你去吧！"

叶文停顿了一下，脑子转得飞快。村里青壮年不多，现在全都上了，都忙着，每个人都挺累的。他就笑笑，没有说实话："我会点儿，我一个人可以的。我先走了。"他三步并作两步，一路小跑沿着溪水边往上游跑。

汪兴勇没有细看叶文的背影，只是随意地瞄了一眼，看到一个泥人在移动。等他忙了好一会儿再去看时，却再也看不到叶文的身影了。

那个浑身是泥的背影，是叶文留给雁归村人最后的记忆。而他那句"我先走了"，是留给大家的最后一句话。

八月，雁归村的黄蜀葵花开了。一朵又一朵的黄色花铺满了山坡，迎风招展，给宁静的小村更添上几分美丽。

摄影节办得很热闹。

在摄影节的开幕式上，赵凌飞在话筒前欢迎四面八方的客人，他哽咽了："最后，让我们在这里怀念一下叶文书记。相信每一个雁归人都会记得他，相信这片青山会永远记得他。"

晴光正好，长空如洗，雁归依旧青山起伏，烟霭环绕，景色秀美。有风缓缓地吹着，漫山遍野的黄蜀葵花轻轻地摇曳着……

衣带渐宽终不悔

凌晨一点的县城，万籁俱静。医院三楼的儿科住院部终于安静了下来，偶尔响起几个孩子的咳嗽声，陆陆续续的，并不剧烈。

方梓源揉了揉太阳穴，合上真题卷子，退出系统，从电脑前站了起来。晚上运气不错，就来了三个患者，都是上呼吸道感染，而且病得不重，开点药就成。他这才能消停地看书做题。平日里太忙，看书的时间都是挤出来的，眼下还有两周就要主治医生考试了，还有差不多一半没复习到，把他急得直跳脚。

书是肯定看不完了，临阵磨枪，不快也光，看多少算多少吧！

走过护士站，护士已经换好班，是护师李爱娟值大夜班。方梓源笑笑："娟姐来了！"

李爱娟说:"小方,你总算运气不错了。晚上一个没收。"

也不知是怎么回事,每逢方梓源值夜班,事情就特别多。多的时候,一晚上二十多个病号外加收进来七八个,简直是从天黑忙到天亮,连个打盹的工夫都没有!方梓源一想到白天忙成陀螺,晚上继续连轴转的日子,头皮都发麻。

他轻松地笑笑:"是啊,总算可以睡个好觉了。"光想想,心里就莫名有点小激动。他脱下白大褂,理了理里头的衬衫领子,转个身,慢悠悠地往医生休息室走去。

多么美好的初夏之夜啊,气温适宜,太适合睡觉了。

下一秒钟,护士站的电话响了起来。很欢快的曲调,落在方梓源的耳朵里却是异常尖锐。方梓源很郁闷地转回来,果然见李爱娟朝他招手,就更郁闷了。

李爱娟神色很凝重:"急诊电话,来了个喝农药的,要你过去会诊!"

方梓源瞬间清醒,真是怕什么来什么!他赶紧套上白大褂:"希望这是今晚最后一个!"

李爱娟吓了一大跳,瞪了他一眼:"小方,你还敢这样说啊!"每回深更半夜,差不多可以休息一会儿的时候,方梓源就会发出类似如此的感慨,然后就紧跟着来十个八个的。这似乎成了马上要忙得团团转的信号,以至于所有和方梓源搭档值夜班的护士们,都特别害怕方梓源发感叹。

方梓源心有戚戚焉,好像还真是这样,他死鸭子嘴硬:

"不会那么点背吧!"

抢救患儿,每一分钟都事关孩子生死。方梓源没时间感慨,匆匆丢下这句话,赶紧跑回医生办公室,抓起听诊器、笔灯、一把笔,转头就跑。他一边把笔和笔灯放进白大褂的上衣大口袋里,一边往急诊室奔去。

急诊室那里非常嘈杂,一堆人围在门口。看样子,里面不止一个人被抢救。这些人都很焦躁。其中一个老奶奶边哭边号叫。两位护士艰难地守着门:"家属不要往里头挤!里面是抢救室!"勉勉强强把秩序维持住了。

方梓源立马挤了进去,只见里头同时在给两名患者抢救。急诊科的三位医生和六位护士都忙得焦头烂额。里头是在抢救意外落水的男子,而靠近门口这边的患者是个十一二岁的孩子。方梓源见已经用了全自动洗胃机在给那孩子洗胃,原本就紧绷的神经顿时更紧绷了。

负责孩子的急诊科住院医师方蓁蓁赶紧上前:"患儿凌晨一点被爷爷奶奶送入医院,昏迷状态。"

方梓源洗手后戴上手套又戴上口罩,然后上前去看那孩子。凑近了就能闻到孩子身上有一股刺鼻的味道。只见那孩子已经意识不清醒了,浑身都是汗,肌肉在颤抖,瞳孔已经缩到针眼般小,对光有反射,嘴唇发紫,肺部有湿性啰音和喘鸣,而心电监护仪一直在发出尖锐的报警声。

这孩子生命垂危。

他问:"家属怎么说?"

方蓁蓁说:"孩子爷爷说喝了农药。具体是什么,他也不知道。"

方梓源追问:"空瓶子呢?"

方蓁蓁说:"没有。不过孩子爷爷说家里只有敌敌畏和乐果。"

方梓源迅速做出判断:"是有机磷农药中毒。"看这孩子的症状,估计喝得还真不少。电脑的页面打开着,他看了抢救病历,只写了这孩子十二岁,体重六十六斤。

方蓁蓁已经下了药,让护士用了氯解磷定。然而情况还是不容乐观。突然心电监护仪上心跳成了一条直线,孩子的心跳骤停!

方梓源赶紧做胸外心脏按压,又让护士推了肾上腺素。方蓁蓁帮忙去摸颈动脉。几个人忙了五分钟,孩子的心跳总算是有了,自主呼吸也有了,但呼吸非常微弱。方梓源说:"插管上呼吸机吧,我觉得需要血透。"

血透室的主治医生侯铎接了电话,两分钟后就赶来会诊。看了孩子情形后,便立即开始血透。

血检单子出来后交到方梓源的手里,他一看,果然胆碱酯酶已经降到很低了。两条静脉通道已经建立起来。方梓源下了医嘱,一边用阿托品来解毒,一边补液利尿抗感染,平衡孩子的电解质，继续排毒。他牢牢地盯着心电监护仪，手里飞快地敲着键盘，写抢救病历。

方蓁蓁拿着病危通知书去找孩子家属谈话。而抢救落水男子的那一组医生护士心情更凝重。

副主任医师尚宏在给患者做心肺复苏，累得满头大汗："小冯，跟家属说一声吧，人不行了。"

其实家属把人送过来的时候，尚宏心里就清楚男子能被救回来的可能性几乎为零。但是看到焦急万分的家属，他还是不忍心说人不行了，决心全力一试。

万一有生命奇迹呢？

可惜，这样的奇迹没有发生。

主治医生冯超走了出去，脸色沉重，对焦急的家属们说："我们抢救了四十多分钟，患者还没有生命体征。人是救不过来了。"

门外，男子家属们的情绪如火山爆发一般，一群人涌了进来。而与方蓁蓁谈话的孩子家属们情绪也上来了。

孩子的奶奶本来就十分激动，这会儿更受刺激，一听方蓁蓁说孩子病危，号叫一声，大声地哭喊起来："滔滔啊，你有个三长两短，我该怎么活啊！"她一把重重地推开方蓁蓁，跟着冲了进来，扑通一声跪下，就朝方梓源磕头："医生！救救我孙子！我给你磕头了！"

而方蓁蓁跌坐在地上。

孩子爷爷也冲了进来。见孩子浑身上下都是管子,爷爷情绪激动地就要扑到孩子身上去:"滔滔啊!"

另一边,男子家属把尚宏几个团团围住。

"医生,求求你,再救一会儿!"

"求您了!"

尚宏又做了五分钟的心肺复苏,最后颓然地放手:"我们已经抢救了四十五分钟,患者还没有生命体征。节哀吧!"

逝者的老母痛哭,瘫软在地。逝者的妻子则是一把揪住尚宏的衣领,声嘶力竭地喊:"你快去救啊!我老公没死啊!"

场面顿时一片混乱。

冯超看了看挂在墙上的钟,落水男子的死亡时间是二〇一六年五月七日凌晨一点三十九分。

方梓源赶紧用身体挡住孩子爷爷:"请您先出去!"

保卫科的保安赶忙进来帮忙维持秩序。

尚宏解释:"患者溺水时间太长了,人已经去世了。请你们节哀顺变吧!"

好说歹说,半请半推,总算是把逝者的家属们请出去了。

方梓源看了那边的死别,眉头微微皱着。这样的场景,他见了不少,但每一次见,心里还是堵得慌。

他转过头,尽力温和地对孩子爷爷说:"我们正在全力以赴抢救孩子,你们的心情,我们很能理解。孩子现在很危险!请在外面等候,让我们专心抢救孩子,尽全力留住孩子的命！"

孩子爷爷老泪纵横,扶起在地上的孩子奶奶:"医生,求求你,救活我孙子吧!花多少钱都不要紧!一定要救活我的孙子!"

见家属情绪稍微好了一点,可以沟通了,方梓源松了口气:"孩子是重度有机磷中毒,十分凶险,我们会尽全力的!如果你们同意,等孩子情况稳定了,可以转上级院。现在请你们在外面等。还有一些事情,方医生会跟你们交代的。"

孩子能不能扛过去,方梓源心里也没有底。但孩子现在这个状况,也不能转院。他能做的,就是尽力稳定住孩子的生命体征,再让家属决定,下一步是在本院还是上级院治疗。

凌晨四点四十分,孩子的情况总算是稳定了。征得家属同意后,方梓源和方蓁蓁便将孩子送进了ICU(重症加强护理病房)。

方梓源揉了揉太阳穴:"不到五点,回去还能眯一会儿。"他低头,补写剩下的抢救病历,再仔细地看了一遍,确认是无误的。他摘下了口罩。

现在急诊室的气氛轻松了许多,至少今晚送进来的这个孩子的命暂时保住了。方蓁蓁这才有闲心去打量方梓源,急救都是争分夺秒,她还真没仔细去看过方梓源,只是觉得他眼睛生得很好看,如含星辰,熠熠生光。此刻,她认真看了看方梓源,才发现他颜值极高,神色一派温润,又穿着白衣制服,颇有几分像去年暑假档热播偶像剧里的男主。

方蓁蓁笑着说:"看不出来啊,方医生认真做事的时候挺帅的嘛!"

方梓源神色平和,顺口接话:"我以为我一直很帅啊,就像你一直漂亮一样!"他放下病历,抬起头,朝方蓁蓁和侯铎微微一笑,如春林初盛,"走啦!"

方蓁蓁的心顿时漏跳了一拍,连告别都忘了。

侯铎说:"再见啊!"回头看到方蓁蓁,憋着笑:"小方,方医生也未婚!"

方蓁蓁说:"你怎么知道?"

侯铎笑了:"他妈妈和我妈妈现在是同事,正四处托人给她儿子介绍对象!说儿子太忙了,一直没找呢!哦,小方八八年的。"说完,他朝方蓁蓁挤挤眼。

方蓁蓁脸一红:"跟我说这个干什么,和我没关系!"嘴上这样说,但侯铎的话,她是听进心里去了。

原来工作好几年的方医生,只比她大两岁呀!

这个点儿,儿科病房里的孩子们大多在熟睡,有个别起来了。方梓源见里面静悄悄的,挺高兴。他看了下没有病人在等,便轻手轻脚地走到护士站,对李爱娟说:"娟姐,这里都好吧?"

李爱娟抬起头："三点十八，28 床烧到三十八度五。四点三十二，14 床突然又烧到三十九度五，昨晚还拉了两回。"

14 床是昨天早上因为高烧两天被收入院的，出现反复，不奇怪。但 28 床就有点奇怪了。不会发生院内感染了吧？本来方梓源都准备让 28 床今天出院了，还是再查个血常规看看吧。

方梓源说："我过去看看！"他去转了转后，很快就回到医生办公室下了临时医嘱，然后回到护士站，对李爱娟说："娟姐，给 14 床再塞粒药。我加了瓶水。"

李爱娟答应了一声："好的。那个农药中毒的孩子怎么样了？"

方梓源说："送进 ICU 了。十二岁的小孩，喝了不少农药，不像误服。"他顿了顿，然后又叹了口气。

李爱娟说："能救过来就好。"

方梓源眉头又皱了起来："没过危险期。而且这种重度有机磷农药中毒，过个两三周可能还有……"他眉目舒展开，"先不想那么多了。娟姐，我回去睡了。有事喊我。"

忙活了大半夜，脑子还兴奋着，方梓源一时半会也是睡不着的，但能躺着养养神，总是好的。

可他话音刚落，就有一个五大三粗的壮汉抱着一个小小的襁褓，从门口朝护士站风也似的奔过来。

李爱娟配好水，正准备给 14 床挂："小方，你又睡不成了！"

　　方梓源顿时满头黑线，才说有事就有事了，要不要那么灵验啊？他仿佛看到今夜睡眠的天使已经朝自己挥手告别了。他打起精神，堆着笑，迎了上去。

　　小宇宙燃烧起来吧，又有孩子等着他呢！

　　方梓源微笑："孩子怎么了？到办公室来吧！"一边说，一边把壮汉往医生办公室引。

　　壮汉一脸紧张，一口方言："小鬼发高烧，好烫！他妈去挂号了！一会儿过来！"

　　这里的方言特别难懂。要是搁在方梓源工作的头一年，那就好比是听天书了。如今是他在这里工作的第九年，他能大体上听明白。到了办公室，方梓源问："孩子多大了。什么时候发现孩子不对？体温量了没有？"

　　壮汉说："小鬼头两个月了。刚才他妈喂奶的时候发现不对的。刚在家里量了，三十八度多了！"

　　方梓源打开了襁褓。都立夏了，家长居然还给孩子穿厚厚的棉袄！他都无奈了："孩子发烧了，就不能捂了！你等下给她物理降温吧！"他先摸了摸额头，"过会儿再到护士站量一下！"他用压舌板看了看孩子的喉咙，再用听筒听了一下，听到很明显的湿性啰音！肺炎，还不轻！

　　得了，这孩子得住院了。

　　他说："你孩子得肺炎了，最好能住院。"

孩子妈妈这时候捏着病历风风火火地进来了,是个粗壮的女子。她顿时就嚷嚷起来:"怎么可能,上半夜小鬼还好好的!"

方梓源很耐心地解释:"孩子还小,有时候病程会发展得很快。能明显听到肺里有痰。你家的肺炎有点重了。"他麻利地登录了系统,"你家是哪一个?"

孩子爸爸指着电脑屏幕的一小行字:"张小云。"

孩子妈妈一脸不信,嘀嘀咕咕:"不需要住院吧!我看隔壁人家的小孩发高烧,吃点退烧药就好了。"

孩子爸爸说:"医生都喊住院了。"

孩子妈妈横了孩子爸爸一眼:"住院得花很多钱!"她脸刮了下来,对方梓源说话的口气有点冲,"小鬼一点儿都不咳,就是发烧!烧得也不是那么厉害!"

对这样的家长,方梓源有些无奈。有时候一个病在不同孩子身上有不同的表现。看起来厉害的,也许病没有那么重;而看起来跟正常孩子没什么不一样的,也许都已经病重了。这个孩子就是后者。她是低烧,不咳嗽,但是肺炎不轻了。

方梓源飞快地开出了血常规和胸片检查单:"先去护士站量个体温,再去验个血,然后去拍个片吧!结果出来后,再带到我这里来。要是情况还好,就带点药回去。"根据他的经验,这个可能性几乎没有,但是他不能直截了当地说出来。

孩子妈妈的脸色这才好些,和孩子爸爸抱着襁褓往外头走，见那襁褓打开了，还很不高兴："怎么不包好？夜里还冷的，孩子冻到了怎么办！"她用方言嘀咕着。

孩子爸爸顿了顿，侧过脸看了方梓源一眼，到底是没有把方梓源方才的话说出来，反倒是把襁褓裹得更紧了一些。

照这对家长的捂法，孩子没病都要给捂出病来，更何况这孩子急需散热。方梓源提醒："孩子在发烧，你们不能捂孩子了。"遇上喜欢自作主张的家长，真是一点儿办法没有。

孩子妈妈没理他，还是壮汉回头答应了一声，但是手上没动作。

方梓源真没辙了。

等两人走后，方梓源索性打开了真题卷子，边等边做题。可才做了两道，就听到孩子的哭声自远而近。

又有孩子来了。

没过一会儿，年轻的妈妈一手抱着一岁左右的孩子，一手拿着病例和包跑了进来。孩子大哭不止。孩子妈妈很着急："医生，你快给看看！孩子晚上睡着了突然哭起来。怎么哄都不行！"

方梓源点开了页面："是吴子涵吧！"孩子在这儿住过院，系统里有资料，"孩子妈妈先不要着急啊，这次什么情况，说一下。"和孩子妈妈说话的同时，方梓源从桌上拿起一个透明胶带去逗孩子。

孩子妈妈抱着孩子轻轻地抖着："本来都挺好的。晚上六点吃了一大碗粥,九点、十二点,凌晨两点、凌晨四点吃了四回奶,一次一百毫升,比平常吃得多了好些。凌晨四点三十多,孩子突然就哭起来,哄也哄不了。我就把孩子抱过来了。医生,我没有冻着过孩子,你看看,是不是肠套叠,还是阑尾炎啊?我网上搜了一下,是不是要开刀啊!"

孩子一扭头看见穿白大褂的方梓源,哭得更大声了,手指着门,双脚乱蹬,口里"啊啊啊"地叫着。

方梓源轻言轻语地哄着孩子:"乖乖,不怕,不怕,让叔叔看一下,看一下就好,不打针的啊!"哄了好一会儿,孩子才让他哄得不哭了。等孩子安静下来,他才摸了摸孩子的腹部,检查了一下,又问了孩子妈妈几个问题,一边写病历,一边说:"是肠痉挛,不严重。给孩子的肚子保暖,喝热水。不要再让孩子暴饮暴食了。孩子不是吃得越多越好。要是再哭,尽量哄他。"

孩子妈妈说:"那医生开点药消炎药吧!"

方梓源微笑着:"不用吃药,观察一下,要是孩子明天还是这样,你再带他过来一下。"

孩子妈妈不放心:"真不用吃药?"

方梓源点点头:"暂时观察一下。要是孩子不哭闹,就没事了。"

孩子妈妈将信将疑地带孩子走了。

送走这一位,方梓源看看手机,已经是清晨五点二十了。

此刻，天已经微亮，外头的声响渐渐大起来。累了一夜，但他毫无睡意，登了 QQ，给赵书萌留言："萌萌，我假请下来了，十五号的机票，飞过去看你。"

赵书萌的头像依旧是灰色的，仍然是《战栗的乐谱》的海报。那是二〇〇八年的老片子，《名侦探柯南》的电影版作品《纯黑的噩梦》早在大半个月前已经上映了。

他以前答应过，电影版一上映，就带赵书萌去看。

可惜，他一直在食言。

又有脚步声自远而近。他放下手机，再次打起精神，迎接新病人。

方梓源等到七点，张小云的家长都没有带她过来。

孩子病得不轻，不及时治疗，很可能有生命危险。

可惜，监护人有选择替孩子放弃治疗的权利，医生却无法逼着监护人带患儿来医院就诊。

主治医生陈谦一早就到了："小方，昨晚又做仰卧起坐了？"

方梓源扶额："只有仰，没有卧。"

陈谦拍了拍他的肩膀："我对你深表同情。"

方梓源问："你今天怎么来得这么早啊？"他打开茶杯盖子，喝了一口水。

陈谦："你还不知道啊？吴主任请假养胎了。"

方梓源差点一口水喷出来："吴主任不是五十了?!"他有点惊讶，"你逗我呢吧！"

陈谦指了指耳朵："汪主任打电话给我的时候，我也以为听错了。"

好吧，二胎时代，人人都可以生二胎。

方梓源消化了一会儿，才接受了这个听起来不太像事实的事实："哦！"

儿科本来有六位医生，一个规培去了，剩下五个又要门诊，又要值夜班，又要管病房，又要做科研，还有各种会议思想学习，都是满负荷运转了，现在又少一个。

方梓源顿时觉得自己好不容易请下来的假岌岌可危了："吴主任请了多久的假啊？"

陈谦拉开了方梓源身边的椅子坐下："汪主任说，我们四个把吴主任手上的分一分。这不，我就来加班了。蜜月旅行也泡汤了。元哥今天去门诊了。估计今天上午汪主任就会和你谈了。"

正巧儿科副主任医师汪宏光进来了："小方，小陈正好和你说了。科里现在很忙，你的假以后再休吧！"

方梓源耷拉着脑袋："好吧！"科室的本子上，他都攒了两百多天假了。医生太忙，他有假但是没办法休。

这不是第一回了，他要凑够三天假总是那么艰难。

他掏出手机，继续给赵书萌留言："我又有事了，又得迟些日子才能去看你。"好在萌萌会在那里等着他,一直都在。

这时,电话打进来,方梓源接了:"妈。"

电话那头的方晓慧说:"孩子啊,有时间吃饭不?妈把早饭送上来。"

方梓源说:"妈,我自己回家再吃。"

话音未落,外面就传来方晓慧的声音:"妈到了。"她一手捏着手机,另外一只手里提着保温饭盒,见到汪宏光和陈谦,笑着打了个招呼。

方梓源赶紧上前接住饭盒:"妈,你早上没课啊?"

方晓慧说:"一二两节都没有,赶紧趁热吃吧!"

方梓源道谢后,便打开保温饭盒。饭盒是上下两层,上头一层放着四个肉包,下面一层则是鼎边糊,都是热气腾腾的。

方梓源吃了起来。他的餐桌礼仪是从小练出来的,吃相很漂亮,即便吃得极快,也是动作优雅,静静的,一点声响也没有。

方晓慧则和汪宏光、陈谦攀谈起来:"小孩要靠你们关照了。"

汪光宏便夸了方梓源几句,陈谦附和着,把方晓慧乐得合不拢嘴。她眉飞色舞地说:"不是我自夸,我儿子从小就好。学习好,十六岁就考到南江大学。又孝顺,去年老赵骨折,都是他忙前忙后的。唉,要我说,他千好万好,样样都好,就是不结婚不好!我老说他,忙得没时间和外面人接触,本单位可以啊，那么多女医生女护士，就没一个相中的吗？汪主任，你们领导多关心一下啊！"

方梓源实在听不下去了，把空了的饭盒盖好，递了过去："妈，我吃好了，我送你出去吧。"

他赶紧将方晓慧送出去。等方梓源回来，陈谦深有同感地感慨："我已经进化到被催生的阶段了。这才刚结婚呢，两头就问我们什么时候生小孩。"

汪宏光正在坐在电脑前看电子病历："我妈都快七十了，还说让我再生一个，她来替我带。"

方梓源再次揉了揉太阳穴，然后叹了口气。

病房只有三个医生，也就不分组了。例会，查房，下医嘱，忙下来，就已经是上午十一点多。

汪宏光接到一个电话，眉头渐渐皱起来，挂掉后，问方梓源："昨晚有老奶奶跟你下跪？"

方梓源说："就农药中毒那个啊，家属情绪太激动了。"

汪宏光说："刚才调解办打电话说，有人把这一段发到网上去了！"

方梓源顿时就蒙了："当时我只想着救人啊！"

汪宏光着急起来："就在本地论坛上，题目起得很惊悚，'无良医生逼老人下跪，肆意殴打老人'！还有段视频。已经有记者打电话要过来采访了。"

医院电脑是不能接外网的，方梓源赶紧用手机搜索。不看不知道，一搜吓一跳，视频是真的，但掐头去尾还删了中间一段，只剩下孩子奶奶下跪哀求、方梓源拦住孩子爷爷、孩子爷爷扶起孩子奶奶这三段。更要命的是，因为拍摄角度的问题，根据视频来看，还真的像方梓源在打孩子爷爷。

底下的评论是一边倒地骂医生。

陈谦凑过来一看，很愤怒："这一看就是剪的！不是讹人吗？"

前两天，外省才出了事，一位德高望重的老医生在家里被病人捅了三十多刀，生命垂危，现在还在抢救。现在连他们这样的小县城医院也摊上事了！

明明一腔热血在救死扶伤，却被人泼了一身的脏水！

初夏的晴天，中午明明很热，方梓源却感到森森的寒气，把他整个人都冻住了。

现在医患之间，太多人不分青红皂白就站在患者那一头，弄得医生成了原罪。治病救人的大夫，一边忙着救死扶伤，一边得担心被诽谤被打，甚至被杀！

很多年前根本不是这样，到底是哪里出了问题？

良久，方梓源才喃喃地说："我没打人，我当时就想着怎么抢救患儿。我没想那么多！"

汪宏光以前吃过亏，叮嘱道："怕会有暗访，谁来问都得慎重表态。明着来采访的，我来挡一挡。"

陈谦也说:"小方,你先回家休息。万一家属找了一堆人来堵你,可怎么好!"

汪宏光叹口气:"要是家属有心闹,小方躲得掉啊?到时候,他们找不到人,就该说小方是心虚,不敢面对了。一顶顶帽子扣下来,闹大了,有小方受的。小方,你先把昨天晚上发生的事详细地写下来。"

医生的名声很要紧。方梓源还那么年轻,又肯钻研医术,是个好苗子,要是叫医闹坏了他的名声,可就是毁了他一辈子了!

方梓源将昨晚的情形在脑子里来来回回过了几遍:"我没有出错,抢救病历也不会有错的!"

那种情况下,他一切都以抢救患儿为先,忙得恨不得一个人能分成两半来用,哪有太多的心思去顾及其他。

汪宏光信方梓源,但是他信没有用,关键是怎么把事情解决了。现在那患儿还在 ICU 里,要是那个视频真是家属放到网上的,八成是为了钱。毕竟,在 ICU 住着,每天的医疗费可不少。

从医二十年,汪宏光见得太多。一开始,绝大部分家属都说要不惜一切代价去救自己的亲人。但到后来,看着日益变厚的账单,很多人慢慢就打退堂鼓了。

很多时候,治不好,并不是因为医学上的不可能,而是因为代价太高,高到千千万万普通人家根本就负担不起。

而不能承受的代价，往往就是金钱。

有钱不能医好所有的病，但是没有钱，所有的病都医不好。

这种消息总是传得飞快。调解办联系了论坛，删了原帖，可视频已经被人传到朋友圈。不到一个小时，这视频就在本地的朋友圈里刷屏了，而且还有往外扩散的趋势。

患儿的家属没等在 ICU 外。调解办的人兵分两路，一组人赶往患儿的家中，另外一组留在医院。调解办的钱馨给家属打电话，可打了几十个，对方都不肯接。

事情变得棘手了！

方梓源很快就写好了情况说明，又仔细地检查了几遍，这才在右下角签上了名。

汪宏光拿起来，一个字一个字地看过去，来回看了几遍，确定没有漏洞，这才站起来："我去送，顺便看看情况怎么样了，再去黄院长那里。"

他不去盯着不放心。黄院长那里，他也得去一趟。

方梓源说："汪主任，谢谢。以前遇到类似的情况，医院会怎么处理？"

这个问题的答案……

汪宏光顿了顿，才说："小方，你没有做错！如果是我，在同样的情况下，也做不到更好。"

陈谦火气上来："汪主任，您一定要为小方据理力争，不能含糊过去！"

汪宏光点点头。

过了一会儿，汪宏光就回来了，脸色不好看："黄院长不在，电话也没接。调解办的人说，到现在都没找到患者家属。"

陈谦怒了，重重地拍了桌子："不可能，这都快两个小时了，他们干什么去了？事不关己，他们是不是就随便糊弄一下，到时候再把小方推出去背锅，再赔点钱了事！"

方梓源霍然起身："别说了，无论什么结果，我都接受。"

他这话说出口，大家都沉默了，心里像压了一块大石头。

方梓源下意识地把手伸进口袋想摸烟盒，摸了个空后，才想起来，他早就把烟戒了，十年前认识赵书萌后就戒了。

从门诊下来的孙元格拎了个大袋子进来，打破了沉闷："你们都没吃饭吧，一起吃吧。"他收到了陈谦的短信，知道事件始末，从大袋子里拿出四份盒饭，"刚打来的，还热乎着呢。人是铁饭是钢，再怎么样也得吃饭。来来来，大家一起吃！"

陈谦立即响应，拉着方梓源坐下，把一份盒饭放到他跟前，又塞了一双筷子过去："先吃饭再说吧！"

汪宏光也捧起饭盒，故作轻松地笑笑："一起吃，一起吃!"

方梓源"嗯"了一声。他心情不好,食不知味,慢慢地数着饭粒。

调解办里,钱馨已经忙得顾不上吃饭。她的电脑开着,正循环播放那个时间段急诊室外的两段监控视频。可惜,只能看到一拨人冲进急诊室后,另一拨人也跟着进去了。因为不是高清监控摄像头,拍出的画面很模糊,清晰度远不如爆料出来的那段手机拍摄的视频,根据身型看得出来,另一拨人里打头进去的是一位老年女性。放慢了播放速度,放大了局部画面,可以看出老年女性对一名女医生有一个推搡的动作。可惜监控只拍到女医生往后一仰。

急救病历已经被锁定,被她从电脑里拖了一份出来。当事医生手写的情况说明复印件摆在她桌上。一手漂亮的正楷写了不满一页纸,字不多,但清清楚楚地写明了事情的来龙去脉。其他参与抢救的医护人员写的说明复印件也摆在案头,细节都能对得上。从现有的材料看,医护人员全程都没有过错。

所有参与抢救的医护人员的信息采集表也都打印了出来。最上面的是当事医生的信息表。钱馨看了下,这位医生叫方梓源,籍贯和出生地都是福建仙游,虽然出生于一九八八年,但他的工龄已有九年。再看学历和学位,竟然是南江大学医学院毕业的,高才生啊。怎么跑到县城里来了?她翻过来,赶紧看背面，这人未婚，父亲、母亲和哥哥的信息填得很简单，都是福建人。

方梓源的母亲不是传言里的方老师吗？

患儿就是在本医院出生的。医院系统里保存的患儿多年来就诊的材料都打印出来了，厚厚的一沓。钱馨一页页地看过去，很快眉头就拧起来了。这孩子出生证明上的母亲名字和十年后的母亲名字，写的不是一个人！

她又看了一遍爆出来的视频，只见视频里出现的家属只有孩子的爷爷和奶奶。而那对老夫妇，求医生的时候，神情很焦急，看起来像是真心实意地关心孩子的。这对老夫妇，不可能是拍视频的人，很有可能也不是编辑视频并上传网络的人。

吃完饭，汪宏光索性去院长办公室外等着。

陈谦上网一搜，视频已经被人发到微博上了。现在转载评论的已经有几百条，而且每一次刷新，转载数评论数还在快速增长。话题"无良医生打老人"的阅读量也在激增。网友一水地谩骂医生，还有好多人在叫嚷着要人肉搜索。陈谦一目十行地看过去，看得气愤无比。

方梓源满心疲倦："我大概要出名了吧！"

孙元格说："调解办应该会处理的！"这话，他说得一点底气都没有。

陈谦几乎是咬牙切齿："我看他们是什么都没干吧！"他

又去几家视频网站转了一下,果不其然,上面也有,有一家居然还在首页推荐了。

方梓源说:"陈哥,别气了,我都听得到你咬牙的声音了。我这个当事人都没说什么,随便怎么样吧!嘴巴长在别人身上,我能管得到吗?"他打开了系统页面,28床的血常规出来了,指标还好。那孩子是支气管肺炎被收进来的,已经住了九天。上午查房的时候,他听了下,肺里还好,可以出院了。他写好出院记录,开了药,点了出院,然后打印出院记录,再在上面签名。

孙元格说:"小方,你去躺躺吧,就是睡不着,躺着也好啊!"

见方梓源没什么劲儿,孙元格挺担心的。这次,方梓源是遇上大麻烦了,这分明是被网民群起攻之的节奏。

陈谦也跟着劝。他和孙元格好说歹说,总算是把方梓源塞进医生休息室了。

上了二十个小时的班,终于挨到床板了,但方梓源一点儿睡意都没有。他枕着双手,睁着眼睛往上看,脑子乱得很。过了一会儿,他掏出手机,登了QQ,给赵书萌留言:"萌萌!"他发了一个难过的表情。然后又切换到赵书萌的号,回复给自己一个笑脸:"加油,会好的。"

窗子开了一条缝,风从缝隙里吹进来,有些许寒凉。方梓源下了床,去关窗,瞧见天空已经是乌云低垂。变天了,可能要下大雨了。

这时，电话响了。一接通，方梓源就听到方晓慧心急火燎的声音："我在朋友圈看到了，小方你怎么样了？对方是干什么的啊？是不是有人坑你啊？"

方梓源尽力轻松地说："妈，没事的，医院会处理的。"

方晓慧说："你爸已经托人去问你们黄院长了。黄院长说，根据医院内部的调查，你没错。他现在在省里开会，会议结束后，会赶回来处理的，你也别太担心了。小方啊，妈知道你的，只想着救人，但是你要是出了事，谁来救你啊？你不为自个儿想想，也得为爸爸妈妈想想。我们现在可只有你这一个孩子了！"触到伤心往事，方晓慧低声啜泣，"有些人不讲理的。你看着苗头不对，就躲吧，命要紧。妈今天还看到新闻，说广东那位老医生还在抢救呢！咱们惹不起，还躲不起吗？"

方梓源心里一暖："妈，麻烦爸爸了。"他本来没打算惊动二老，没想到，最后还是惊动了，"我欠你们的，实在太多了。"

方晓慧说："跟爸妈还客气个什么啊！小方啊，不是妈说你，这年头，防人之心不可无，别什么事都冲到前头。妈不求别的，只要你平平安安就好。听妈的，别干临床了！"方晓慧语重心长地劝说着。

方梓源说："妈，您别劝了，我想留在这里。"他顿了顿，深吸一口气"我答应过萌萌的，要尽自己最大的努力，去医我遇到的每一个病人。"

提起赵书萌,方晓慧有一会儿没有说话:"小方,你这孩子呀!"她艰难地说出这几个字,然后再也说不下去了,呜呜咽咽地哭起来。

这一觉,方梓源睡得不踏实,断断续续地做着梦。梦是七零八碎的,就像他此刻的心情一样。醒来后,他觉得头还有点昏,慢慢地摸出手机,登了微信,他的朋友圈已经被蜡烛刷屏了,所有的同行不约而同地换了黑丝巾头像。他隐隐有不好的预感,点开了陈谦转的一个链接,是外省那家医院的讣告,老医生在中午的时候,因伤势过重,抢救无效辞世了!

他木然良久,如坠冰窟。

虽然有心理准备,但是当事实真的摆在他面前的时候,他还是很难受,就好像走在冬季的荒野,凛冽的风呼啸而过,带着阴森的寒气钻进他的每一个毛孔里,让他冷得吃不消。

医生也是人。当一个人被另外一个人用那么残忍的手段杀害了,有些人竟然不谴责凶手,有些人居然在拍手叫好。

已经是傍晚,雨噼里啪啦地落下来了,一声又一声重重地砸在方梓源的心上。他的心都寒了。

穿上了白大褂,方梓源木然地走了出去,一开门,就听到一片嘈杂声,是从医生办公室那边传来的。他一个激灵,赶紧跑过去。医生办公室里里外外有好多人,吵吵嚷嚷的,跟菜市场差不多。还有好些住院的孩子家属抱着孩子走出病房，探头探脑地来凑热闹，只是不敢靠得太近。

一个中年壮汉指着方梓源大喊："就是他，就是他看的。"两个彪形大汉上前，一左一右揪住方梓源的两个胳膊，把他往里推。方梓源踉踉跄跄的，差点跌倒。他目测自己是挣脱不过的，就很配合地被扭送进去了。

办公室里满地狼藉，到处都是病历、书、检验单，上面被踩了很多泥脚印。就连以前病人家属赠送的"医者仁心"的锦旗都被撕破了，像破布一样丢在地上，还被人踩了好多脚。汪宏光和陈谦，还有儿科当班的三名护士，都被人逼到了墙角。只有在门诊的孙元格躲过一劫。

方梓源被人推了进去。一群人里三层外三层地围住了他们，壮汉居多，剩下的是中年妇女，都是有战斗力的人，文能骂武能打。站在最前头的妇女年轻一点儿，三十岁上下，挺着硕大的肚子，挥舞着长柄铁架雨伞，在大声哭诉。

这根本就不像是一般愤怒的家属。

不会是遇到职业医闹了吧？

少妇指着方梓源，大哭："老天啊，你睁开眼睛好好看看啊！好好的孩子送进来，就成了这个样子啊？"

另外几个妇女七嘴八舌地帮腔。

方梓源简直要吐血。什么叫好好的孩子送进医院？还讲不讲理了？孩子明明是命悬一线，才被送进来的好不好？他费了老大劲，才把孩子从鬼门关拖回来！要真是好好的，家属会把孩子送进医院吗？

但他什么都不能说，因为有几个壮汉已经举起了手机，从不同角度，对着他们医护人员在拍摄。

少妇继续号叫："你们医生黑了良心啊！亏我们还那么信你们，把孩子送过来！我的孩子啊！你们说你们没有责任，那为什么抢救病历是事后补的？当时的监控也可以让我们看一看啊！我是看了网上的视频，才知道你们这群天杀的，不好好地救我的孩子，还逼得我公公婆婆下跪啊！"她指着方梓源的手都在颤抖，号叫得更大声了，"就是他，还打我的公公婆婆！他们都是快七十岁的人了！我看了网上的视频才知道，你怎么下得去手啊？你好狠啊！"

颠倒黑白，还振振有词。

方梓源怒火中烧，刚要大声反驳。汪宏光站了出来，将方梓源拉到了身后，用非常温和的口气说："请家属冷静一点儿。因抢救未能书写的病历，是可以在抢救结束六小时内据实补写的。而且医生一直在抢救你的孩子，没有逼老人下跪，更没有打过老人。我们医院调解办的工作人员，已经请了公安局的人来做鉴定，初步判断网上的视频是被人后期制作而成。"

有个五十岁左右的妇女"呸"了一口，骂了几句很难听的话："还不是你们说什么就是什么啊！我们就看视频！网上的人都说是你们的错！哼，住院还不到一天，就花了八千多！

你们抢钱啊！"说着，她弯下腰，随手抄起掉在地上的一本跟砖头一样厚的硬壳医书，朝汪宏光砸了过去。

汪宏光躲避不及，肩膀结结实实地挨了一下，站不稳了，往旁边倒去。方梓源赶紧扶住他，怒气冲冲地看着那群人。

陈谦脸黑得吓人，实在是忍不住，对他们咆哮起来："你小孩病得那么重，住ICU本来就要那么多钱！嫌贵，你可以把人拉回家啊！"

所有的手机镜头都聚焦到了陈谦的身上。

汪宏光好不容易拉住了方梓源，这会儿赶紧忍着痛去拉陈谦："小陈，住口！"

陈谦满腔悲愤："住什么口啊？命都没了，还当什么医生，还谈什么奉献啊！"他把白大褂一脱，"怎么，想打架啊？我奉陪！"

少妇尖叫一声："医生打人了！"她不往后退，反倒往前冲，用全身的力气，拿长柄雨伞狠狠地向陈谦戳去，身手异常敏捷。

汪宏光立即用力将陈谦向右推开。对方到底是个孕妇，他不好还手，自己就被戳到了。尖锐的伞头直接刺穿了汪宏光的皮肤，扎进了他的肉里。少妇拔出了伞，鲜血从汪宏光的伤口流了出来。

白衣上，红得触目惊心。

方梓源吼起来："我不打女人！滚！"他立即和护士们去

看汪宏光。

少妇往后退了几步,不小心碰到了旁边的桌子角,身体一晃,就有一个圆枕头从她衣服里掉出来。少妇的肚子瞬间平坦了。

原来是装孕妇啊!

方梓源愤怒了!

陈谦怒气冲天,一头扎进人堆里,还没来得及打,就被那些壮汉按在地上痛殴了。

方梓源再也按捺不住怒火了,简单处理了汪宏光的伤口,也把白大褂一脱,冲进了人堆里。

这时,医院副院长章一铭,带着调解办的工作人员和保卫科的多名保安匆匆赶到。章一铭大喊:"都住手!已经报警了!"

儿科四位在岗的医生,三个挂彩了。正好楼上骨科病床很空,就将三人安排到骨科一个病房里观察。

陈谦被揍成了猪头,身上青一块紫一块的。偏偏那些人出手太有分寸,他没够上轻伤。他"哼"了一声:"听说只能把伤人的几个关几天!"其余的人被教育了一番后,就给放了。

他还要说,嘴巴里被妻子薄瑶喂了一口粥。她嗔怪:"有这个结果不错了!"

这次医院态度强硬,没和稀泥,力挺医生,要求严惩医闹。警方也尽了全力。可惜那帮人明显是被提点过的，伤人没伤得太重，砸了他们的办公室，没动电脑打印机。他们撕锦旗、丢书、扔病历、砸桌椅，声势是浩大，闹得是难看，给医院带来的直接财物损失却不大。

汪宏光趴在病床上："他们就不承认视频是他们发的。听郑主任说，有好几个像是上周在普外科闹事的人，好像上个月在急诊那也闹过。"

从监控看，进医院的时候，他们都是陆陆续续地进来的，神情要多自然有多自然。他们最后才在医生办公室集合，所以保卫科事先才一点儿察觉都没有。如此有组织有纪律有手段，分寸还拿捏得这般到位，绝对是职业医闹。

可惜，没有证据，拿他们没办法。

卫计委和医院的领导，还有一些走得近的同事都来看过他们了。病房里摆满了鲜花和水果。

汪宏光慢慢地爬起来，剥了根香蕉吃："小陈，小方，这些水果你们等下分了。放这里要坏。"

陈谦早就瞄上榴莲了，汪主任不开口，他不好说。他忙高兴地说："小方，榴莲留给我，瑶瑶爱吃！"

自打陈谦和薄瑶恋爱的头一天起，这两人就愿意花样秀恩爱，让单身的人好生羡慕。

薄瑶含羞："阿谦，小方也许爱吃呢。"

陈谦单身的时候，和方梓源一起厮混了几年，这点还是清楚的:"他不吃。青芒给他,他爱吃那个。"

方梓源就是挨了两巴掌,脸上有点红。他正坐在床边,捧着饭盒,慢慢吃着方晓慧刚送来的海鲜馄饨:"我还要橙子,我妈喜欢吃。汪主任女儿爱吃哈密瓜。元哥喜欢吃苹果。"

汪宏光想了想:"吴主任爱吃梨。"

几个人很快就把这一大堆水果给分了。

陈谦问:"不是说记者要来吗?怎么没来啊?"

汪宏光说:"不来是好事。"

薄瑶问:"那孩子呢?家属接走了?"

方梓源叹了口气:"还在 ICU 里。"医药费是没人交了,可医院还得给孩子治,总不能就这样拔管停药,让孩子去死吧。无论如何,生命至上,孩子是无辜的。

陈谦嚷嚷起来:"说好了,要是那孩子转到普通病房,别放到我管的病床啊!"才被孩子的家属胖揍了一顿,还得去为孩子劳神,少不得跟揍自己的孩子家属打交道,又得露出天使般的笑脸,陈谦光想想就觉得不甘心。

到十点多才吃上晚饭,方梓源饥肠辘辘,很快就把一大碗馄饨吃完了。他闷闷地说:"我管算了!"孩子家属太难缠,他运气不好碰上,一个人在坑里就算了,不能再把汪宏光他们拖进来。

陈谦朝他竖起了大拇指:"你强!"虽说他们挨了打,但医院已经发通告辟了谣,方梓源是不会被处理了,事情算是解决了。他半开玩笑:"小方啊,汪主任和我可是因为你的病人受伤的,怎么着也得表示一下吧!"

薄瑶轻轻地拍了陈谦一下:"少去敲小方!"

方梓源笑着说:"好啊,等你们好了,我请大家吃饭!汪主任不许推啊!嫂子也一起去啊!"

虽然方梓源喊薄瑶嫂子,但薄瑶其实比他还小。自从结婚后,薄瑶就热衷于为未婚的朋友牵线搭桥。她朝陈谦丢了一个眼色,然后微笑:"可以再带位朋友去吗?"

方梓源满口答应。

汪宏光瞧出了端倪:"这次我就不去了,女儿要中考了。"

方梓源说:"一定得去,汪主任!"

汪宏光摆摆手,态度很坚决:"以后有的是机会。"

方梓源这才算了。

老婆最大,但兄弟也是不能坑的。陈谦佯装不懂,就问了:"你那朋友是谁啊?男的女的啊?"

薄瑶是受人之托,笑眯眯地说:"我同学,也是你们医院的,在急诊科,叫方蓁蓁。她也吓得不轻,小方你可得好好为她压压惊!"最后一句是对方梓源说的。

意思已经很明显了,方梓源听明白了,张口就要拒绝。正巧方晓慧拎了一袋给方梓源换洗的衣服进来:"好啊,叫小方好好请请人家,替她压惊。小姑娘我见过,挺好的。"

薄瑶很高兴:"那就这样说定了!"

方晓慧兴奋地拉着薄瑶说话，一句句地问起方蓁蓁的情况来。

方梓源满头黑线，只好把拒绝的话吞下去。

儿科医生不够了。第二天，汪宏光就向领导争取，可他磨破了嘴皮子，也没争取到一个能开处方的医生。毕竟现在哪个科都缺人，不少有体力有经验能连轴转的住院医师都出去规培了。

医院不光缺医生，还缺护士。年初县里开了家私立的长松医院，用高薪挖走了一批有经验的医生护士。医闹来砸场子，没出太大的乱子，但还是有些人被吓到了。儿科当晚在场的护士里有两个立马辞职了。

缺人了，医院是可以再招，但年轻的医生护士不是一进来就能单挑大梁的，非得几年水磨功夫，才能历练出来。

吴主任不幸先兆流产，得绝对静卧，想来上班但有心无力。陈谦伤得实在是不好见人，请假了。第二日，方梓源在门诊，孙元格下了夜班后还留守住院部，才勉勉强强撑下来。但这不是长久之计。

汪宏光唉声叹气了一番："要是脚断了我还能坐着开处方，伤得可真不是地方。"他的伤口在背上，靠近右肩，一提笔写字敲键盘肩膀就疼。但孩子生病可不会挑白天黑夜，儿科得二十四小时有医生。汪宏光做了安排。他拖着伤专坐门诊，又让医院安排来的正在大轮转的董姗姗给他打下手；方梓源和孙元格两个就在住院部，轮流夜班。

孙元格自告奋勇，连值了两天的夜班，到了第三天早上走路都打飘，见方梓源到了，就像见到救星一样。他瘫软在椅子上："一个晚上快四十个急诊，九个手足口病，四个疱疹性咽峡炎。我们科收进来三个肺炎，五个重点的手足口病转到感染科住下了。还让不让人活了？"

方梓源递过去一个小塑料袋，里面是孙元格点名要的一家路边摊的两个鸡蛋煎饼："体会到我值班时的痛苦了吧！"

孙元格说："太苦了！"他打开了塑料袋，闻了闻，"好香！"

方梓源："照你说的，放了很多辣酱还有香菜。别给钱，我请你的。"

孙元格也没客气："下回我请你。"

方梓源换上了白大褂："疫情上报了？"今年是手足口病的大年，县里好多小孩都中标了。

孙元格就着白开水，狼吞虎咽地吃着鸡蛋煎饼："肯定的啊！"数据往上报了，估计那几家幼儿园得停课了。

方梓源瞥见孙元格的桌子有一堆苹果皮："元哥，你吃苹果了？"又不丢果皮！方梓源顺手就用餐巾纸一包，扔进垃圾桶里。

孙元格"嘿嘿"笑了两声："多谢了。这不晚上饿，吃了两个苹果。"他想起了一件事，"侯铎认识不？血透室的。"

方梓源说："认识啊，上回抢救农药中毒的那个小孩，他也来了。怎么了？"

孙元格吃掉了一个鸡蛋煎饼，没那么饿了，便放慢了速度："他儿子是病得最重的一个。"他又叹口气，"孩子是凌晨两点多被爷爷奶奶抱过来的。孩子才一岁三个月，都发烧两天了，侯铎他们夫妻两个居然都没重视，只是物理降温。昨天下午快五点，孩子突然出疹子，侯铎自己看了，说手足口病百分之九十九都会自愈，让孩子爷爷奶奶注意点就行。到了晚上，孩子浑身湿冷，孩子爷爷奶奶越看越害怕才带孩子过来。到我们这儿的时候，孩子精神萎靡，小脑袋耷拉着，浑身都在抖。偏偏那时候侯铎夜班给人血透，走不开。他老婆是普外的，还没下手术台呢！"

手足口病那百分之一的并发症就让侯铎的儿子给碰上了。孙元格挺想抽侯铎的，术业有专攻，侯铎早点把孩子抱过来治疗多好，现在小孩子多受罪啊！

其实也不能怪侯铎他们。医生在值班，上了手术台，就得坚守到底。可是，谁没有亲人啊？但干了医生这一行，守护生命，就是职责所在。他们坚守岗位拼命地去救别人的亲人，却因此忽略了自己的亲人。

侯铎儿子的症状听上去像是神经系统的并发症，方梓源说："希望没事吧！"他回过头，发现就一个晚上的工夫，医生办公室里多了一扇门。他推门进去，里面是一间空屋子，而里间正对着门还有一扇门。方梓源转开门把手，发现自己人已经在紧急出口的楼道里了。

孙元格跟了过来："后勤来改造的。门只能从我们办公室这边打开。院里口头有通知，说是遇到情况不对，就跑吧！"

三十六计，走为上计！打不过，那就得赶紧溜！

方梓源折回来，关上门："夸张了点！"

孙元格笑了："听方蓁蓁说，急诊更夸张。新弄了一个安检系统，来的人只要能走，就得过安检。还弄了一个情绪疏导室，家属一律在那儿等。那办公室里全是软包，没棱角的，撞墙撞不坏。椅子全钉死在地上，也是圆角的。最夸张的是窗户没有装玻璃，就怕家属一激动，砸玻璃呢！"

方梓源无奈："好吧！"

这时，汪宏光进来了，神色疲惫。

孙元格和方梓源都打了招呼。孙元格问："汪主任这么早来了？"

方梓源替汪宏光倒了杯温水。

汪宏光坐下来，用左手端起杯子，一口气喝干："四点多侯铎给我打电话，他儿子做了腰穿，白细胞 24.3×10^9/L，脑脊液的压力 130 滴/分。我过去看了，孩子精神不好，呼吸也不好，惊跳频繁，体温高，血压也不稳，四肢末梢循环还不好，吐了好几回，是手足口病并脑干脑炎二级。孩子送进 ICU 了。治了两个小时，我看情况好点才过来透口气。办公室里有吃的吗？"

值夜班有时候会饿，所以医生们都放了吃的在办公室，以备不时之需。

孙元格从自己的衣柜里翻出两桶方便面："汪主任吃香辣牛肉面吗？一桶够不够？"他还拿出了一瓶吃了一半的辣酱。

如果说孙元格是无辣不欢，那么方梓源几乎就是一点儿辣都不碰。他在办公室里放的是蟹黄鲍鱼面，也拿了出来："我这个鲜。"

汪宏光是本地人："我吃辣的。"他顺嘴说了几句，"小方，前段时间，我还和你爸一起吃饭来着。我看他很能吃辣嘛！你怎么一点儿都不吃辣啊？"

方梓源笑笑："我口味随妈，爱吃鲜的。"

汪宏光很快就吃完了泡面："章院长打电话来，说县电视台的记者下午要过来采访，让我们科普一下如何预防手足口病。你们两个谁去说一下？"

孙元格立即说："去年冬天流行病毒性肠炎，我可是去科普过了。这次让小方去吧，他上镜肯定帅。"再说了，他都两天多没回家了，上午查完房，他就回家陪老婆孩子去。

汪宏光说："小方，你好好准备一下。这是个好机会！"虽说网上是一点儿看不到那段视频了，但本地很多人已经看过。这次让方梓源在电视上露露脸，正好可以提升好感度，抵消不良影响。

方梓源想了想:"大概要说几分钟?"

这个孙元格记忆犹新:"准备十五分钟的稿子就够了。他们后期剪辑,最后播出来的就五分钟。一般介绍下病是什么,主要症状是什么,怎么应对。说得浅显点,专业名词要少,看电视的人大部分可不是学医的。"

汪宏光说:"小方啊,你不用紧张。中午我们模拟一下。"

这时,李爱娟敲了门:"汪主任,ICU 电话,侯铎的儿子很不好,需要会诊。"

汪宏光站了起来:"小孙你留在住院部,小方你跟我过去一下!"忙了两个多小时,汪宏光的右肩疼得厉害。抢救是个体力活,孙元格忙了两天挺累的,方梓源是休息好了,精力充沛。要是吃不消了,汪宏光就让方梓源操作,他在旁边指导。

ICU 外头的家属等候区,有一群焦急的家属,不少人在哭。人群中,侯铎与妻子李榕这一对特别显眼。他们坐在椅子上,紧紧地依偎在一起,神色凄苦。每一分钟,对他们来说都如在油锅里那般煎熬。

李榕喃喃自语:"要是早一点儿,早一点儿送过来就好了。"

哪怕就是早一天,昨天下午的时候,他们不是记挂着上班,而是把孩子送过来,就不会是这个样子。

侯铎也很后悔,一手攥着病危通知书,另一只手握紧了李榕的手。他和李榕都是医生，明白孩子面临怎样的危险。

可惜，千金难买早知道。

孩子的爷爷奶奶、外公外婆都到齐了。爷爷和外公的眉头都拧成了川字，奶奶和外婆在低声啜泣。

方梓源跟在汪宏光的身后，匆匆赶到，就见到了这样的一幕。

侯铎强忍悲痛，站了起来，迎上前："汪主任，小方，孩子就拜托了！你们尽管放手去治！"

得了这个病，孩子九死一生，能不能熬过今天都成问题。

汪宏光伸出左手，拍了拍侯铎的肩膀："放心！孩子会好的！"所有人会尽最大的努力，让孩子好好的。

ICU里很安静，只听得见各种仪器运转的声音。

方梓源跟着汪宏光快步走到侯铎的儿子侯李的病床前，ICU的管床医生刘佳蕙推着查房推车站在一边。神经内科的马辉主任、呼吸内科的柳静主任也都到了。汪宏光上前查体，只见小男孩的情况恶化，已经昏迷。再看看他的瞳孔，是等圆等大，对光反射消失。上肢和脸开始水肿了。气管插管上了呼吸机，心电监护仪上的数值也不好。

柳静主任眉头紧锁："刚刚做了B超，出现了肺水肿。"

方梓源心往下一沉。孩子已经是手足口病并脑干脑炎三级。出现这种情况，很多孩子会在十二个小时内死亡。

方梓源仿佛看到死神狰狞的爪子已经抓住了侯李稚嫩的小手，拼命地把他往黑暗的深渊里拖拽。而医生们能做的，就是竭尽所能地抢救，尽可能地斩断死神的魔爪，把孩子留在这光明的人世。

推车上是一台笔记本电脑，接入了医院的无线网。刘佳蕙已经打开了侯李的电子病历，上面写得非常详细。三位主任都仔细地看了一遍，心肌酶指标也超了。他们很快就讨论出结果，决定微调一下治疗方案。

方梓源给三位主任打下手，在三位护士的配合下，给孩子用药。

甘露醇、呋塞米降颅压，丙种球蛋白、甲强龙抗炎，咪达唑仑镇静止惊……能上的药，能用的手段都用上了，剩下的，就只能交给命运来安排。

汪宏光问："疾控中心来取过样了？"

刘佳蕙答道："早上六点来了。"应该是感染了EV71，但检测的结果不会那么快就能出来。

柳静盯着心电监护仪上跳来跳去的数据："希望这孩子能挺过去！"

马辉轻轻地点了点头。

方梓源沉默着。

ICU是医院里面最接近死亡的地方。

离开，也许就是一瞬间。而活下来，却要付出多少努力，上天多少眷顾。

早上九点半,方梓源回到了住院部。孙元格忙问:"怎么样了?"

方梓源说:"稳定住了。"

侯铎儿子的情况没有好转,也没有变坏。没有往糟糕的方向发展,就是好事,至少暂时是控制住了病情。

孙元格说:"我打电话给家里,叫老婆从幼儿园把孩子接回来。请两个星期的假。"绝大部分手足口病都无大碍,一两周就能好。但要是遇上了并发症,就比较棘手了。可到底会不会遇上并发症,谁也说不准。

方梓源说:"你家有人带孩子,这段时间还是在家里为好。"

孙元格和妻子程颐是双独,头胎是个男孩,想要女孩,凑个"好"字,就要了二胎。没想到程颐居然生了三胞胎男孩。家有四个男宝,一家人是高兴,但是也发愁。四位长辈都没退休,有心照顾小孩,但分身乏术。程颐就辞职了,在家照顾一大家人的生活起居。

孙元格皱着眉头:"我老婆也辛苦,光照顾三个小的都快累死了。本来再请个人要省力点。但我就这点儿工资,实在请不起啊!"现在,本地月嫂都五千起价了,只请白天照顾孩子的人,没有三千,谁肯干?孙元格顿了顿:"其实长松医院的人找过我,如果我过去,一年给我十万,奖金另外算。"

方梓源问:"你要去吗?"

孙元格瞧了方梓源一眼,然后轻轻地点头:"辞职报告我都写好了。本来前几天就要递上去。后来科里出了事,我就没交。等陈谦回来,我就走。"孙元格站起来,有些不舍地环顾办公室,"其实,我挺舍不得走的。"可家庭负担实在是太重了。

方梓源眉心微蹙,拍了拍他的肩膀:"等陈谦回来,我做东,请大家吃饭,送送你。"

孙元格反倒笑了:"好啊。说好了,那天我可是要不醉不归。小方,眉头别皱了,又不是天远地远的,一个县城,我们想要再见容易得很!汪主任去门诊了吧?"

方梓源说:"是啊,交过班了吧。现在要查房吗?"

这两天都是晴天,温度挺高的。住院部送出去的孩子多,收进来的少。新生儿病房是空的,普通病房只有十二个孩子还在。

孙元格笑笑:"我都查过了。今天又可以放出去四个。有三个好得差不多了,明天估计就能放走。"

方梓源最喜欢没有小孩来看病:"难得清闲啊!正好可以专心复习了。"

孙元格说:"就凭你的功底,不复习都能考得过。不用紧张的,我当初书也没看完,最后也过了。"他脱下了白大褂,把衣服挂在衣柜里,"院里护士节要搞活动,我们科要出两名护士去宣誓,还要出一名医生去排节目。刚才后勤打电话问是谁,我把你报上去了啊!"

方梓源"啊"了一声:"怎么是我?年年不都是陈哥吗?"陈谦可是最喜欢在众人面前展示才艺的。

孙元格说:"小陈那个样子能去?汪主任、吴主任肯定不行。小邵人在外地呢,我家里有事,只有你了啊!"

方梓源还要推:"不是有小董吗?"

孙元格说:"人家小姑娘还没定科室呢!而且其他科室报的女医生太多,到我们儿科指定要个男的。哦,这事儿是调解办钱馨负责。你到时候直接跟她联系。"

方梓源一直在临床,对后勤的人员并不了解:"钱馨是谁啊?"

孙元格也不太熟,只是知道有这么一个人:"好像跟你差不多大吧,女的。通讯录上应该有她的电话。排节目要不了多少时间的。年年不是朗诵,就是唱歌。最复杂的一次,就是演讲比赛,还是不用脱稿的。"

方梓源嘀咕:"后勤部门闲得发慌吗?不知道我们忙得严重睡眠不足啊,还弄什么节目啊?"

孙元格摊手:"年年都一样啦!以前小陈没来,我也去过。别的没有什么,难得全院年轻的医生护士来个大聚会,好多院对就是从这次排节目开始的哟。"

其实，护士节的活动是院里的传统了，以开展活动为名，专门将院里的大龄未婚的医生护士们凑在一块儿，让平时没机会照面的青年交流交流感情，能撮合几对是几对。

方梓源继续吐槽："怎么听起来像相亲大会。"

孙元格笑了两声，"差不多，所以今年肯定是你去。哦，今早方蓁蓁来找过你，急诊科是她去。小方啊，要我说，方蓁蓁挺不错的，人长得可以，家里也挺好的。你要看准了，该出手的时候就出手啊！"

方梓源眼皮直跳："你们一个个，干吗呢！"

孙元格再次拍拍方梓源的肩："这不是关心你嘛！小方，你年纪不小了，该找个人谈个恋爱结婚了。"

在众人眼里，方梓源已经到了该结婚的年纪了。

晚上八点四十五，方蓁蓁提前五分钟坐到了电视机前，把台换到县电视台。

方蓁蓁的妈妈叶红很奇怪："怎么突然看这个台？"她挨着方蓁蓁坐下。

方蓁蓁支支吾吾说道："突然想看了呗！"她推了推叶红，"妈，你怎么不去洗澡呀？"

听到女儿这样说，叶红就更不肯走了，寻了一个话头："今天和你爸散步时，碰到你王阿姨了。就是我们没搬家前住我们隔壁的那个王阿姨，她儿子也在你们院，是妇产科的。"

方蓁蓁说:"我们院人那么多,我不见得认识。妈,你去洗澡吧!"

女儿很反常,叶红就坚决不肯走了:"妈等会再去。你王阿姨的儿子比你小一届,叫江海。你还记得不?他小时候就喜欢跟在你后面玩的。"

方蓁蓁这才有点印象,小时候隔壁那个小胖墩,大名叫江海,小名叫肥肥,天天在她身边转悠,还拿脏乎乎的小手去扯她,老是在她漂亮的裙子上面留下印子。小胖墩后来长成了大胖子,前两年在急诊科轮转过,脸更圆了,戴着黑框眼镜。她没多留意江海,想了想:"他挺腼腆的。"她每次看到江海,对方脸都是红彤彤的,连话都说不利索。

这时电视节目开始了。方蓁蓁立即盯着屏幕看,在主持人短暂的介绍之后,镜头就切到了方梓源的身上。他穿着很寻常的白大褂,但显得丰神俊朗,玉树临风。他温文尔雅地说:"手足口病一年四季都可能发病,一般五六月份最多。小朋友很容易被传染上,所以这段时间家长要特别注意。"

叶红顺着方蓁蓁的目光看过去:"这小伙子是你们院的?"她瞧着女儿脸微微红了,"蓁蓁,你认识他?"这小伙子看着眼熟。

方蓁蓁说:"妈,就是上次和我一起抢救的那个医生,我跟你提过的。他叫方梓源。他们儿科前几天都给医闹砸了!幸亏他没什么事。"

叶红想起来了，就是"医生打人视频"里的那个医生。她仔细地看了看，只觉得方梓源长得很俊，更难得的是神态从容，目光平和，气质温润，极富有书卷气。她说："你这同事家境不错吧。"

方蓁蓁说："和我们家差不多吧。他妈妈是小学老师，还有两年就退休了。爸爸在政府工作，以前在别的县当过副县长，现在退二线了。方梓源跟他爸妈住。不过房子买好了，跟他爸妈一个小区，就在医院边上。"

虽说方蓁蓁喜欢帅的，但是她也挑对方的家境。家庭负担重的"凤凰男"就是帅得惊天地泣鬼神，她也不会搭理。她觉得，门当户对很重要，两个人家庭差距太大，就是结婚了，将来也会有很多矛盾。她是要找个人幸福地恋爱结婚生子，可不是去受气的。当然，在门当户对的前提下，对方还帅，那就更好了。

至于感情嘛，是可以慢慢培养的。

方蓁蓁已经快二十六周岁了，在小地方已经被人贴上了"剩女"的标签。她明显感到压力。要是今年不找到，明年她就得出去规培。等她在外头规培三年再回来，不要说找个门当户对的帅哥结婚了，就是找个男的都成问题。

所以，遇上方梓源，她觉得这是上天赐给她的绝佳机会。方蓁蓁仔细打听过了，医院里同事们都没听说方梓源有过女朋友。他的生活极有规律，就在家和医院之间打转，偶尔和男同事出去吃吃饭唱唱歌，而且不抽烟不喝酒。不值班的夜晚，他总是沿着医院附近的河边路夜跑一个小时。

方梓源简直就是特别合适的结婚对象。

电视里，方梓源正在科普："注意个人卫生是预防手足口病的关键。家长们要记住这五条，多洗手、常通风、吃熟食、喝开水、晒衣被……"

方蓁蓁看着屏幕里浅笑的方梓源，不由地也跟着微笑起来。

晚上九点多，儿科住院部很安静。方梓源看了一个小时的书，便站起来活动一下，才走到门口，他的手机响了。方梓源心中顿时警铃大作，立即跑了回来，一看是陈谦的电话，这才舒了一口气："陈哥，什么事儿？"

陈谦说："又吓你一跳吧！"医生值班时总是对电话特别敏感，因为一个电话，往往就是一个急诊重症病患。

方梓源哭笑不得："你不会就是打个电话特意吓一吓我吧！"

陈谦说："真有事儿。江海，在我们科轮转过的那个胖子，就现在妇产科唯一的那个男医生。这次护士节，他准备当众向他的心上人求婚！几个月前就叫我跟他一起上台唱歌。我答应了，但现在肯定是唱不了了。我就叫他来找你。"

方梓源记性不错，很快就把人和名字对上号了："找我干什么啊？"

陈谦说："他一个人不是害羞嘛，拉个人站旁边壮壮胆。小方，我听过你唱歌，比我还强上那么一丝丝。当然我家瑶瑶眼里，我唱得是最好的。"他意识到自己话题偏了，"哎呀，说正事，那歌你应该会唱。就是不会唱也不要紧，跟着哼就行。不用练习，就这么上吧！反正你就是个陪衬，就当是帮我一个忙嘛！"

陈谦可真是无时无刻不在秀恩爱啊！新婚宴尔，可以理解，但是也得理解一下旁人的感受啊。方梓源很无奈："好吧，我真没时间练唱歌了。"就像陈谦说的，主角不是他，他只要安安静静地当个背景就行。

陈谦又开始感叹了："小方啊，你看看人家江海，九一年的，都要结婚了。"

因为江海要在护士节求婚，所以陈谦和方梓源都以为他的对象是院里的，而且肯定谈得差不多了。方梓源不由地感慨："都没听说他谈啊，怎么就要结婚了？"又是院对，果然护士节的活动就是医院的相亲大会。

陈谦"啧啧"两声："我问了好多遍是谁，死胖子都不肯说，只说到时候就知道了。现场我去不了，你到时候看得仔细点，记得拍照，最好能录视频。"还从没有人在护士节活动现场当众求婚呢，肯定是轰动全院的大新闻，绝对会连续多日盘踞院内话题榜首位。这么好的热闹不能现场围观，陈谦有点可惜。

方梓源一口答应。

陈谦感叹："小方啊，你也得抓紧啊！要不，你也趁机跟方蓁蓁牵个小手什么的。你妈应该跟你说了吧，她家里也挺不错的。这个世上像我跟瑶瑶这样因为真爱结婚的很少的，大部分都是凑合着过日子。"

方梓源都想揍陈谦，这是什么鬼逻辑？陈谦自己跟真爱结婚，到他就该将就了？他口气淡了几分："陈哥，你怎么知道我没有遇到过真爱？"

就是遇到过，才不能释怀。

曾有一个人，他爱她如生命；曾有一个人，她也爱他如生命。

在最好的年纪，他们相遇了，然后相恋，再然后……再也不可能有然后了。

她是他的一生所爱。

忘不了，也不想忘。

雪月花时最忆君。在夜空下，他愿意夜夜思念，一遍遍地悼念那逝去的爱情。

方梓源很久没有说话。

电话那头，陈谦过了一会儿才反应过来，跳了起来："你谈过！我们都同事八年了，你才告诉我，你谈过！你别睡啊！等我十分钟，我马上赶到医院！"

以前就觉得方梓源口风紧，没想到居然紧到这个程度。这人绝对在大学里受过情伤，这才搞成了一副清心寡欲的模样。

陈谦的八卦之心顿时熊熊燃烧。

方梓源很无语："你来干吗？"

陈谦说："不行，我一定要来问个究竟。快说要吃什么，我顺便给你带点。这样吧，我买点烧鸡烤鸭，再带两大瓶可乐。"

他一定要跟方梓源彻夜长谈，怎么着也得把方梓源的往事给挖出来。瞧方梓源单身多年的架势，陈谦琢磨着，方梓源故事的过程肯定是曲折的，结局肯定是凄凉的，说不定还能凑够三十集的校园爱情剧。

他家瑶瑶最爱看这种剧了，等他听完，一定要一五一十地讲给瑶瑶听。

十分钟不到，陈谦顶着一张猪头脸，风风火火地赶来了。他拎了两个大塑料袋，一个塑料袋里面是一瓶雪碧、一瓶可乐、一瓶橙汁，另一个塑料袋里装着八个一次性饭盒。陈谦一一取出，放在办公桌上打开：一只烧鸡分了两个盒子装，另外六个盒子是半只烤鸭、一份卤牛肉、一份猪耳朵、一份豆腐干、一份素鸡、一份卤藕片。

为了听方梓源讲往事，陈谦可是下了血本。

方梓源是认识了陈谦后才开始吃卤菜的。他说："不辣吧?"看书费脑,他还真有点饿了。他打开自己的柜子,拿出自己的筷子和饭盒:"我还有一双筷子,你要不要?"

陈谦笑了笑:"不干不净,吃了没病。"

方梓源说:"我总觉得里面大肠杆菌严重超标。"

陈谦"嘿嘿"笑了两声:"但你每次还是会吃啊,那一家我们不是老吃吗?没人吃坏过肚子。哦,我挑的都是不辣的。"不过,方梓源也太不能吃辣了。前年,孙元格家的三胞胎还没出生,时间充裕,总喊他们去家里吃饭。孙元格亲自下厨,特意烧了一盘不辣的虾,结果还是把方梓源辣得连喝了两杯白开水——因为孙元格家的锅里常年烧辣椒,味道都渗进锅去了。

本地的不辣,对方梓源来说,就是有点辣了,达到了他能接受的最上限。他挑了一个鸭腿吃:"这家卤的烤鸭,味道挺像我小时候常吃的土笋冻的。"

陈谦问:"笋子还能做出烤鸭味?"

方梓源笑笑。他没有多解释。土笋冻其实不是笋,而是海边的一种虫子。他小时候常让家里的王阿姨做。

一晃都十多年过去了。

自从和赵书萌在一起后,他再也没有回过他的那个"家"。

陈谦说:"有个烧菜技术好的老妈真幸福。方老师上回给你做的笋干肉丝面,我闻着就觉得香。"他顿了顿,装着很自然的样子，把话题引到方梓源找对象这件事情上来，"现在能烧一手好菜的女孩子真不多了。两个人一起过日子，总不能天天吃外卖吧。小方，你会不会烧菜呢?"儿科的医生们，好像都是男的烧菜技术好，吴主任是她老公烧，小邵在家也是不动锅铲，汪主任、元哥，还有他都是家中大厨。

男人会烧菜，在找对象时，是一个加分项。

方梓源想了想："会煮泡面，算不算?"除了这个，他就只会煮速冻饺子了。

陈谦语重心长："不会，就要学啊!你以前那对象没有挑你这一点?"

方梓源半低着头，笑容苦里泛着甜："她烧菜的手艺很好。"比她的妈妈烧得还要好很多。

陈谦说："你以前那个，不会是十项全能吧?"

方梓源点点头："再没有比她更好的女孩子了。"

陈谦不相信。除了他家瑶瑶，这世上哪有十全十美的人啊?这肯定是方梓源情人眼里出西施。他给方梓源倒了一杯可乐："快跟我老实交代你以前的事吧!都是兄弟，居然瞒得那么严实，不够意思啊!"他抬起脸，朝方梓源挑挑眉，戏谑地问，"你们进展到哪一个阶段了?"

方梓源黑了脸，埋头吃菜。

陈谦也不生气。他没指望方梓源一上来就能回答这么大尺度的问题："你们后来分了?"

方梓源沉默了一小会儿，抬起头，神色认真："不，我们没有分。我们一直都在一起，直到永远！"

陈谦顿时从座位上跳起来，搞了半天，原来方梓源一直都有女朋友啊，这厮隐藏得太深了。

但很快，陈谦就想到方梓源话里的漏洞。要是方梓源跟女朋友好好的，也不该是这个样子啊，肯定是出了什么状况。

他又问："怎么没见你去瞧你女朋友啊？"

方梓源看了他一眼，低了低头，然后抬起头，唇边浮起一抹浅浅的笑："我去看的，每年都去看的。要不是科里有事。我本来过几天就去看她了。往返的机票都在网上订好了，后来只能退掉。"

异地恋，这还差不多。怪不得没见过方梓源和他女朋友在一起。陈谦平常见过方梓源抱着手机在那发QQ，就相信了几分："那你女朋友在哪里啊？"

方梓源说："绵阳。"

陈谦惊讶："那么远，叫她过来啊？"

方梓源轻轻地摇了摇头："她不会过来的。"

因为，他的萌萌永远都回不来了。

陈谦还要往下问，这时，江海敲了敲门："方哥！"他又看到陈谦，圆脸上露出大大的笑容，"陈哥，你也在啊！"

方梓源不想往下说了，赶紧招呼江海："小江，快进来吧，你今晚值班吗？"

江海说："不是，我要去医院的大会议室练习唱歌呢。"大后天就到日子了，他正加紧练习，一定要把这首歌深情款款地唱出来，争取一举成功，打动方蓁蓁的心。

陈谦心里埋怨江海来得不是时候，想三言两语把他打发走，好再继续细细地往下追问："小江，方哥已经答应了。你赶紧回家再练练吧，马上就要隆重登场了呢！"

方梓源笑起来："小江，别理陈哥，劳逸要结合，唱多了，嗓子疼。快坐下，我们一起吃东西。"

江海是个正宗的"吃货"，看到这么多卤菜，早就走不动路了，受到方梓源的邀请，立马坐了下来，拿起一双一次性筷子："那我就不客气了！"

有江海在，陈谦不好再问了，但他又不好明着把江海赶走，于是，三人一起吃起东西来。

这时，李爱娟敲了敲门："14床烧到三十九度，又拉了一回肚子。"

方梓源立即到系统里调出14床的电子病历。14床是个三岁的小女孩，叫罗莉，是五月六日下午，因为高烧两天被收入院的。那孩子初步诊断为急性上呼吸道感染，挂了五天头孢，应该不会出现这种情况。

等等，这孩子已经发烧五天，挂了抗生素，还是发烧。

罗莉是陈谦收进来的，又放在陈谦管的病床上，他也跟上去看电子病历，也发现了这一点。

两人对视了一眼,都想到了一种可能。

江海也瞄了下,直接把猜测说了出来:"不会是川崎症吧!"

方梓源立即起身:"我过去看看!"

陈谦忙去开衣柜,穿上白大褂:"我也去。"

14床上,梳着蘑菇头的罗莉正坐在病床上,一边吃着爆米花,一边津津有味地看着平板电脑里播着的动画片。她的额头上贴着退烧帖。孩子的妈妈坐在床边上玩着手机。

罗莉的精神还好,看到医生来了,还抬起头天真地笑着:"叔叔好!陈叔叔,你的脸好大啊,比熊大的脸还要大!"

罗莉的妈妈放下手机,站了起来:"陈医生,方医生,我们家莉莉就是烧,拉肚子,但不太严重,比刚来的时候好多了。"

还是烧,那就是一直都是烧着的。

陈谦笑着对罗莉说:"你陈叔叔是不是很可爱啊?小莉莉,可以给叔叔们看看你可爱的小脸吗?不疼的哟。"

罗莉歪着头,嘟着嘴:"才不要,我要方叔叔看!"

从一见到罗莉,方梓源就开始观察她了,发现她的嘴唇很红,嘴唇皮有点干。他笑眯眯地问:"为什么不要陈叔叔看呢?"

罗莉头抬得更高了,奶声奶气地说:"因为方叔叔长得好看!嗯,陈叔叔以前也好看的,但是现在不好看了。"

陈谦摸了摸自己的脸，有点受伤。这么小的孩子，说的是真话。自己这张脸青一块紫一块的，的确丑了点。他不由地郁闷了，打人不打脸，那帮医闹打哪里不好，偏偏去打他的脸，弄得他最近都没脸见人了。

方梓源就上前查体了："小莉莉乖乖的，让方叔叔看一看。"他首先看了看罗莉的眼睛，发现孩子的眼睛果然是红的，就问了，"小莉莉眼睛红红的，是刚才哭了吗？"

罗莉摇摇头："没有，莉莉很乖的，没有哭！就连吊水都不哭，是不是很勇敢啊？"她双手托腮，非常萌。

方梓源又摸了摸罗莉颈部的淋巴结，果然肿大了。他温柔地说："莉莉真乖，真是勇敢的好孩子！"

另一边，陈谦询问罗莉妈妈："孩子身上长疹子没有？"

罗莉的妈妈说："起了一点儿。我拍了点痱子粉。可能是这两天热的。哦，我没有跟护士提。"她看到两位医生都来了，心里又不好的预感，"怎么了，有什么问题吗？"

方梓源说："等下先验血。我给你开加急的单子，结果很快就会出来。如果结果好的话，孩子过两天就能出院了。"

罗莉的妈妈非常信任医生，很配合："好的，都听你们的。"

陈谦笑眯眯地补充了一句："要是孩子有一点点和平常不一样，就要说啊，随便跟哪个医生、护士说，都是一样的。比如舌头发干啊，有点脱皮啊，都是要说的。"

罗莉的妈妈衷心地说:"好的,好的,我一定说。你们真负责。"

回到办公室,陈谦说:"十有八九了。"

就这一会儿工夫,江海将烧鸡全部吃完了。他有点不好意思,挠挠头:"陈哥,源哥,你们忙吧,我回去了。"病人事大,他就不打扰了。

方梓源边开加急的血常规边说:"有空再聊。"

结果很快就出来了。罗莉的血常规里白细胞、血小板、C反应蛋白都异常,尤其是血小板居然比正常值高了六倍!

陈谦和方梓源在电脑上看到这个结果,都挺郁闷的。

方梓源说:"我去和孩子妈妈谈一谈吧!"

陈谦说:"一起吧!"

病房里,罗莉已经安然地睡着了。她的妈妈没有玩手机,坐立不安的:"陈医生,方医生,我们家孩子情况是不是不太好啊?"

陈谦说:"孩子妈妈你先不要急,孩子得的是川崎症。这个病会引起全身血管的发炎反应,会对孩子的心脏造成影响。所以,你的孩子可能还要治疗一段时间。"

方梓源说:"我们会改一下治疗方案。要静滴丙种球蛋白,口服阿司匹林。丙种球蛋白比较贵,医疗费可能会比较高。"

罗莉的妈妈说:"你们不用考虑钱的问题,尽管用药。只要能治好小孩，花再多钱，都不要紧的。"她顿了顿，满脸焦急，"孩子治得好吧？"

看到孩子妈妈那么信任的眼神，方梓源温和地说："现有的医学技术，应该没有什么大问题。"

陈谦也点点头。

罗莉的妈妈这才放心地笑了笑："你们这么说，我就放心了。"

方梓源继续叮嘱："这段时间尽量让孩子卧床休息。要是发热，一定要跟我们说，没超过三十八度五，就物理降温；要是超过三十八度五，跟我们说，我们会用点药的。要是孩子出汗比较多，及时换衣服，免得受凉了。多给孩子喝温开水。孩子嘴巴要是溃疡，也要跟我们说。要是起疹子，脱皮，一定要跟我们说，千万不能去撕扯，更别让孩子自己抓。吃点有营养的食物，最好是流质或者半流质的，容易消化，要清淡一点，要少食多餐……"

罗莉的妈妈听得很认真，不住地点头："比如什么样的食物呢？"

方梓源说："很多食物都可以吃。少吃高胆固醇的，千万不能吃辛辣的，也不能重油重盐。尽量按照孩子的喜好来吧！你家小孩还可以吃些水果。"

陈谦继续补充："你还是得多哄哄孩子。孩子这么大，其实很多事情都知道的。孩子妈妈要表现得轻松一点，多在孩子面前笑笑，尽量让孩子保持一个比较好的心情。不能让她烦躁。"

罗莉妈妈不住地点头："我会的！"

方梓源暗自松口气，有家长配合，他们治疗起来才能放开手脚，不需要顾虑太多。有家长精心护理，医生的治疗效果才能得到保证。总不至于他们在这边砌墙，家长就在那里拆砖，把小问题搞复杂了。

其实，医患不应该是对立的。医生和患者以及患者的家属们，应该是站在同一战线上，并肩作战，一起去抵抗疾病这个共同的敌人。

等两人回到办公室，都傻眼了。桌子上一大半卤菜都已经不见了，一个紫色爆炸头少女背对着门，坐在桌子上，左手还夹着一支香烟。

陈谦说："你谁啊？"

少女回过头，她前面的紫色头发里夹杂了一撮红毛。她化着很成熟的妆，穿着到处是破洞的麻布袋一样的衣服，牛仔裤也是这里一个洞，那里一个洞。她穿着拖鞋，手指头、脚指头都涂着红艳艳的指甲油。

这绝对是典型的"非主流少女"！

她头高高地抬着，抽了一口烟，吐了烟圈，瓮声瓮气地说："我来看感冒的。底下那护士，居然叫我挂儿科。"

方梓源目测了一下，眼前的少女身材微胖，看上去一点儿都不像十四周岁以下的儿童。但要是年龄真是十四周岁以下，他还是得接诊。

陈谦缓和了语气："你先下来吧！"如此"非主流"，他还真是吃不消，要是能赶紧把她打发走，他也就不追究少女吃他们卤菜的事了。

少女跳了下来，瞧见了方梓源，眼睛顿时亮了。她掐灭了烟，蹦蹦跳跳地走上前，一把勾住了方梓源的脖子，吊在了方梓源的身上："好帅！"

方梓源受到了惊吓，赶紧推开少女："你干什么啊？"

陈谦赶紧走到了方梓源的旁边："你到底是来干什么的？来捣乱的吗？"

少女噘着嘴："躲什么啊！又没干吗！"

方梓源绷着脸，绕过少女，走到电脑前，打开系统，确实见到有人挂了号。他点开一看，病人叫卢舟舟，女，二〇〇三年八月十八日出生，确实是没有满十四周岁。

卢舟舟直接忽略了现场还有另外一个人在，眼睛盯着方梓源看，咯咯地笑起来："喂，有没有人告诉你，你长得真的很帅，很像《花千骨》里的白子画。"

方梓源心头一阵无奈，他深吸一口气，很程式化地问："哪里不舒服？"

卢舟舟歪着脑袋，笑着说："干脆，我喊你师父吧！"

陈谦丢了一个同情的眼神给方梓源，果然，长得帅，有时候也是很大的负担啊。

方梓源再次深吸一口气，冷着脸："喊我方医生。来看感冒是吧，先去验血，自己拿着就诊卡去验一下。"他以最快的速度开了验血单。

卢舟舟露出笑容："看到师父，我的病就全好了。"说着，她就朝方梓源扑了过去。

陈谦赶紧扯住了卢舟舟："你再闹，我请保安过来了。"说着，他朝方梓源做了一个跑的手势。

方梓源一溜烟地钻进了里间的办公室，赶紧把门锁上了。他靠着门长舒一口气，幸亏后勤部门及时修了这个通道，逃跑起来太方便了。

经过陈谦的大嘴巴一广播，这事一传十、十传百，院里认识方梓源的不认识方梓源的，都知道方梓源昨晚因为太帅了差点被少女非礼。

至于方梓源有个在绵阳的女朋友这件事，就被陈谦忽略过去了。还是薄瑶提醒他的，绵阳离这儿太远了，谁知道这两人能成不能成呢？他们得为方梓源保密，免得那头空了，这里又空了。

一整天，有好些不明真相的年轻女医生女护士找借口组团来儿科，瞄一眼传说中那位帅成偶像剧男主的方医生。

有些人边偷看还边嘀咕:"还真是帅啊!以前怎么没发现啊?"

"院草哟!"

方梓源一开始还能嘴角上扬保持风度,经过几拨人前来参观之后,他就板着脸了,自己又不是动物园里的猴子。

可那些来的小姑娘反而觉得方梓源更帅了。

有几个小姑娘还捧着脸,眼冒红心:"不笑起来更像了!"

"哎呀!还真是耶!"

要是有面豆腐墙,方梓源就一头撞上去了。他一边写着病程,一边郁闷地说:"她们都不需要干活吗?"

孙元格险些笑瘫在椅子上:"她们不是有正事才来的吗!"

方梓源摇摇头,很无奈:"偶像剧害死人!"

孙元格笑了:"我老婆也爱看。几年前我老婆见到你,就跟我说你长得像《仙剑奇侠传》里的徐长卿!"

演白子画和徐长卿这两个角色的是同一个演员!

方梓源想起赵书萌喜欢柯南那个劲儿,就点点头:"理解!"

孙元格喝口水:"我们医护人员平常的工作可是高度紧张的,你就当给个机会让大家放松一会儿吧。"他顿了顿,"这一回啊,咱们的院草要换人做啰!"

方梓源好奇:"我们院还有院草?"

孙元格说:"就是陈谦啊,他不是特喜欢秀才艺出风头吗？很受女孩子的欢迎，简直是妇女之友。你不知道？"

方梓源说："真不知道！"他只知道陈谦的女性朋友是多了一点儿。

今早陈谦已经销假了，晚上五点半开始值夜班，所以下午不在。孙元格将辞职报告打印出来，在最后签了名。

方梓源问："你跟汪主任说了？"

孙元格说："早提过。他和我谈过几次。吴主任还打了电话给我。我真想走，他们也就算了。我大概六月初就去那边上班了。"

方梓源说："陈哥猜到你要走。"

孙元格说："没办法。"他顿了顿，"其实，我工作的第二年也遇到过一件事，比你之前遇到的严重多了。那年冬天，有个少女未婚先孕。少女的爸妈一气之下不认她了。我当时还在妇产科。那少女过来想流产，可实在没有钱，就在我面前哭诉，说得实在可怜，我心一软，就替她交了钱。"他说到这里，轻轻地摇了摇头。

方梓源猜到几分："农夫与蛇？"

那段日子简直不堪回首。孙元格点头："被她反咬一口，赖上我，硬说孩子是我的，理由就是我替她交了所有的费用。她说我心里要没鬼，平白无故会去交钱？我是百口莫辩！"

本来，孩子在是可以验 DNA 的，但孩子没了，证据就没了。那女的无法死死咬住孙元格，而孙元格同样也没办法证明清白。

最后，孙元格还是受了处分，停职避到风头过去，才调进了儿科。

方梓源沉默了一会儿："我觉得，医生的职责就是治病救人！"他会离患者的疾病近一点，离患者的生活远一点。

工作和生活，他一向分得很开。身为医生，他只想治好患者，然后看患者离开，做患者生活中的匆匆过客。

过了两天，护士节就到了。

这一天也是汶川地震八周年。

方梓源很早就醒了。每年的这一天，他总是醒得特别早。

三点多，外头天还是黑的，方梓源就起来了。他拉开窗帘，站在窗前，这一片住宅只有一两户亮着灯，其余人家还在安眠。

此时此刻跟寻常任何一天没有丝毫区别，照旧都是静谧如斯，美好如斯。那失色的山河，那悲伤的死别，就这样被定格在了八年以前。

都八年了，原来已经那样久了。

他今年都二十七了，他的萌萌却是永远的十八岁，永远年轻，永远在他的回忆里笑靥如花。

房门被敲响了，方晓慧隔着门："小方，你醒了吧！"

方梓源开了门："妈，你也醒了。爸呢？"客厅的灯已经开了,方梓源闻到了弥漫在空气中的烟味,心里清楚爸爸又在抽烟了。

方晓慧轻轻叹气:"你爸在抽烟,抽了大半包。"她的眼睛都是红肿的,显然已经哭过了。

方梓源说:"我去劝劝爸。"

方晓慧"嗯"了一声。

客厅里,茶几上摊开了三大本相册,都是赵书萌从小到大的照片。赵立民已经看了好几遍。玻璃烟灰缸里有十几个烟蒂,他还在抽。房子不算大,这个时候又特别静,他早就听到方梓源房间里有动静。等方梓源走近,他低着头,缓缓地吐了一个烟圈:"小方,你也睡不着啊!"

方梓源说:"爸,吸烟有害健康。萌萌要在这里,一定会拦住你的。"

赵立民说:"就今天抽。"但他还是掐灭了烟,不抽了。

方晓慧默默地收拾茶几。她拿起相册,正好看到赵书萌举着南江大学录取通知书的照片。十七岁的少女青春洋溢,穿着浅黄色的裙子,长发及肩,笑容鲜妍。她就那样静静地站在南江大学的校门口,仿佛方晓慧一声呼唤,她就能跑回来。

方晓慧再也站不住,蹲在地上,号啕大哭。

方梓源赶紧将她扶到沙发上。他看着心酸,红着眼:"爸,妈,我请好假了,五月底去绵阳看萌萌。"不能再拖了,六月初孙元格走后,他就更没时间去了。

方晓慧把头埋在赵立民的怀里，哭得上气不接下气。赵立民的眼圈也红了："小方，你是个好孩子！"他顿了顿，"八年了，你挺不容易的。"

方梓源说："我这不是挺好的嘛！"从那一天之后，他的每一天都是多出来的，他要好好地学习，好好地工作，好好地在萌萌的家乡做萌萌想做的事情。

方晓慧哽咽着："小方，要不是有你在，我跟老赵日子没法过啊！"八年了，要不是方梓源一直在他们跟前尽孝，让这个"家"看起来像一个完整的家，他们都不知道怎么活下去。

不想接受萌萌离去，不愿生活在众人同情的目光中，二〇〇八年的夏天，赵立民主动请求从别的区县调回老家，方晓慧也想办法调到乡下的学校，再辗转回到县城。他们刻意避开了所有知道内情的亲朋，在老家，在赵书萌度过童年的地方，和方梓源重新开始"一家人"的生活。

后来认识的朋友们哪一个不是说他们一家人过得好呢？去年赵立民生病，方梓源鞍前马后，亲儿子也未必比他强。

方梓源说："妈，爸，我一直会留在这里孝敬你们。"这也是他应该做的。

赵立民说："你哥哥前几天又来找过我们，说你父亲想见你一面。"

方梓源脸色顿时就不好看了："我不会去的。"

赵立民叹了口气："那毕竟是你的父亲。还有你哥哥也托我问问你,他可不可以来看看你。他不敢去医院找你,怕打扰到你现在的生活。"

方梓源有一瞬间的心软,很快,他就硬起心肠:"现在这样就很好。"井水不犯河水。

他无法原谅他们,但是又无法去恨他们,于是,就只能远走,不再相见。

方晓慧抬起头,继续劝:"小方,你现在这个样子,妈看着心疼。我们总是要走在你前头,真的不忍心看着你一个人孤零零地在这世上。你父亲,还有你哥哥,我们都不怪他们了,你也不要怪他们,好吗?我们这些人都是你的亲人,真心希望你能过得幸福。小方,去见一见他们吧!"

方梓源半低着头:"妈,不光是萌萌的事,还有其他原因。爸,妈,你们就别再劝了!"

赵立民与方晓慧对视一眼。方晓慧叹了一口气:"好,这件事妈就不说了。小方,你都快三十了,可以找一个女孩子结婚。妈知道你对萌萌的感情,可是,你总不能一直一个人啊!我替你打听好了,那个方蓁蓁挺不错的。当然,你要是觉得她不合适,其他女孩子也行。"

方梓源摇摇头:"我现在这样就挺好的。"

很多人的心中都有一个忘不了的人,但这不妨碍他们牵起另外一个人的手按部就班地过下去,但是方梓源做不到。他不想他的婚姻,不过是一场纯粹的凑合。

况且,他是真的很爱他的萌萌,爱到此生除了她,心里再也摆不下其他人。

院里护士节的活动定在了下午一点到两点二十。这个时间段病人一般不是很多,医生和护士们可以抽出空来。

按照惯例,活动是由章院长主持的。第一个环节是黄院长讲话。半个多小时后,黄院长终于讲完了话,章院长就宣布进入第二个环节——宣誓。

白色的大屏幕上,显示着红底黑字的誓词。台下就座的医护人员全体起立,举起右手,进行宣誓:"我宣誓,我志愿献身医护事业,热爱医护事业,奉行社会主义人道主义精神,坚定救死扶伤的信念……"

誓词每年都念,有时候一年不止念一次,但是方梓源每回念的感觉都不一样。刚大一那会儿,他念誓词挺激动的,声音都有一点儿颤抖;现在,他神色平静,语调低沉。因为救死扶伤这四个字,分量实在太重了。

生命只有一次。

现代医学能拯救的领域却是有限的。总有人会逝去,他,一个年轻的医生,做不到医好所有的患者,但他会竭力去救他遇到的每一位患者。

这无关钱权名利,只因为他的职责所在,信念所在,希望所在。

宣誓之后，院领导们就退场了，把场地留给年轻人。主持人是后勤的钱馨，她上台后，气氛一下子轻松活泼起来。

今天很多女孩子在偷瞄方梓源，边看边往他这边挤，弄得方梓源很不自在。正好江海捧了一大束红玫瑰在会议室的后门边探出个头。方梓源赶紧过去，把他拖到墙角："到底唱什么？"

江海苦着脸："我嗓子哑了。"他的嗓子沙哑得跟公鸭叫一样。这几天，他紧锣密鼓地练习，嗓子本就高负荷运转了，上午他又临时被叫去坐门诊，看了六十多个号，不停地说话，刚刚嗓子彻底罢工了。

方梓源无奈了："你不唱了？"

江海更无奈，摇摇头。他倒是想在方蓁蓁面前表现一把，可嗓子太不争气了，居然在最关键的时候坏了。他想了想："你唱吧！"

方梓源说："不行。"江海的求婚现场，他站在一边帮江海壮胆可以；但上台做主唱还是免了吧！

节目要是在后头，就没什么人看。要是时间来不及还会被砍掉。江海为了效果好，就特意找了钱馨，把自己的节目排在前面，眼见着就要到了。他心里发急，也没想太多，从口袋里摸出一张纸，递给方梓源，扯着冒烟的嗓子："我就站你旁边，花你先拿着，你唱完后，照着字条念一遍。一定要情真意切！源哥，我的终身大事就靠你了！"说完这几句话，江海的嗓子更哑了。

方梓源打开字条，只扫了一遍，就肉麻得要起鸡皮疙瘩："我说不出口！"

江海快急死了，朝他双手合十，眼神里满是乞求。见方梓源还磨磨蹭蹭的，江海急成了热锅上的蚂蚁，一把扯住方梓源，大有方梓源不答应就绝不松手的架势。

方梓源也急了："你松手！"

江海用力地摇摇头。

已经有很多人往这边看了，方梓源被缠得没办法，只好答应下来："我去，我去！"

正好钱馨报幕，下个就是江海的节目。江海大喜过望，就把那束玫瑰花塞到方梓源的手中，拖着他往台上走。

这下，所有人的目光都落到了手拿红玫瑰的方梓源的身上。

方梓源被迫上台，走到话筒前时，才想起来一件很重要的事——江海忘了告诉他要唱什么！

要是遇上不会唱的歌，那可就糟大了！

可人已经上来了，方梓源想反悔已经来不及了。他回头就看见江海朝他做了一个加油的手势。

前奏响起，方梓源很快就听出来这是以前流行的一首老歌《只对你有感觉》。他想着赵书萌的一颦一笑，唱起来："微笑再美再甜不是你的都不特别……全世界只对你有感觉……"

追光只照在了方梓源一个人的身上。

其实，他站在那里，本身就是一道让人挪不开目光的风景。而且，他唱得很好听，深情款款，让人心醉。

现场先是一片寂静，继而爆发出一阵欢呼声和鼓掌声。

方蓁蓁坐在台下，眼里只有一个方梓源。

前排有女孩子说："方医生手捧玫瑰，又唱《只对你有感觉》，是要表白吧！"

"肯定是啊！"

"女主角到底是谁呢？"

"肯定是我们院的。"

"是啊，没听说方医生和哪个女的走得近啊！"

"到底谁呢？"

方蓁蓁心里怦怦地跳着。方梓源到底要向谁表白呢？

一曲终了，方梓源看向江海，站得离话筒远了一点："真的要念啊？"

江海朝他竖起大拇指，拼命地点头。

方梓源打开字条看了，江海写得情真意切，但是文笔实在又差又肉麻，他真的念不出口。他索性就将字条塞进了白大褂的口袋里，开始现场发挥："沈从文说，'我一辈子走过许多地方的路，行过许多地方的桥，看过许多形状的云，喝过许多种类的酒，却只爱过一个正当最好年龄的人'，今天，有一个男孩想把这段话送给现场的一个女孩。他想问一句，他愿意娶，你愿意嫁吗？"

现场彻底沸腾了！

很多人尖叫起来，这不是表白，而是求婚！众人纷纷拿起了手机。

方梓源这时候赶紧看向江海，这家伙到现在还没透露女主角是谁呢。江海幸福地满脸红光，冲到话筒前，用尽全身的力气，用嘶哑的嗓音吼起来："方蓁蓁，上来啊！"

方蓁蓁简直不敢相信自己的耳朵，她不是在做梦吧！方梓源是在向自己求婚吗？他什么时候爱上自己的？她怎么一点儿感觉都没有啊？

可热烈的现场又提醒她，这一切都是真的。

她一直以为自己不可能再遇到一场纯真的恋爱了，可没想到，命运给了她这么大一个惊喜。

原来，在她不知道的时候，已经有一个这么优秀的男孩子一直在爱着她。而正好，她又对他有感觉。

很多人起哄："快上去啊！快上去啊！"

方蓁蓁面色绯红，害羞地走上了台。台阶很高，方蓁蓁一个不小心，踩空了一脚，往前一扑。方梓源离得近，赶紧上前一步，扶住了她："小心。"

方蓁蓁飞快地抬起脸，瞧见微笑的方梓源，心跳得更快了。

原来，这就是恋爱的感觉。

她彻底沦陷了。

方梓源很高兴。好多人想撮合他跟方蓁蓁，弄得他都烦了。现在，江海喜欢方蓁蓁，就把事情彻底解决了。人家方蓁蓁都有对象了，周围这一大圈人总不至于再把他们两人硬拉扯到一块吧！

方梓源以为，方蓁蓁早就和江海好上了，只是保密工作做得好，大家都不知道罢了。既然方蓁蓁是江海的女朋友，他对她笑得更真诚了，将那捧玫瑰花递了过去："江海买的，是最新鲜的玫瑰花，漂亮吧！"

方蓁蓁接过花，轻轻地点点头。

方梓源才要再打趣两句，这时候，他的电话响了。他掏起一看，是住院部儿科护士站的号码。

他赶紧接起来，电话那头传来李爱娟焦急的声音："小方，来了两个，上吐下泻的！家长都急疯了！"

方梓源说："我马上过去！"

方蓁蓁很懂事："有病人？"

方梓源"嗯"了一声，飞快地往门口跑去。他走出会议室的时候，听到方蓁蓁对着话筒大声说："我愿意！"

方梓源脚步顿了一下，嘴唇浮起一抹笑。

江海和方蓁蓁，多么好的一对有情人啊，他很快就能喝上他们的喜酒了吧！

才到儿科住院部的门口，方梓源就听到里面非常热闹。有女人气急败坏的声音："医生呢？怎么还不来啊？我儿子都这样了，人死哪去了？"

李爱娟解释："值班的陈医生在抢救病人，我们已经通知了方医生，他——方医生来了。"

方梓源是这个时候踏进办公室的。他露出了程式化的微笑，心中却是警铃大作。吃一堑长一智，遇上在崩溃边缘的家属，他得拿出最好的态度来，免得激怒对方。孩子的妈妈爸爸立马迎了上来。

方梓源问："孩子怎么了？"他的目光落在那两个孩子身上。

孩子妈妈紧紧抱着一个男孩，那个男孩两岁多的样子。女孩大点，四岁左右，没有人抱着，就扶着桌子腿站在一边。

前一秒钟还很凶的女人，立马换上笑脸，把男孩抱到方梓源的面前："医生啊，快给看看，我儿子怎么了？"

孩子爸爸也很紧张："中午吃饭的时候，我儿子还好好的。"

女孩子在哭，但眼泪很少。她可怜兮兮地望着妈妈："妈妈，我肚子痛，头好痛！"她说完这句话后，就开始呕吐。

孩子妈妈爸爸根本就没有去理会女儿，只是问："医生啊，先给我儿子瞧瞧，他是我们老常家的命根子啊！"

男孩精神不太好，哭起来没有眼泪了，明显脱水。

方梓源给男孩子查了体，又去看了女孩子："中午孩子吃了什么？"

孩子妈妈说："没什么啊，我们大人吃什么，他们就吃什么。就是炒笋丁，炒豆腐丁，还有四季豆炒肉。"

听到"四季豆"这三个字，方梓源警觉起来："四季豆炒熟了没有？小孩吃了多少？"

孩子妈妈说："我们大人吃了都没事，应该是熟了吧。我儿子吃得挺多的，要不要紧啊？"

方梓源心里怀疑这两个孩子是吃了没煮熟的四季豆中毒了。不过不排除有其他的可能性。这得进一步检查。当务之急是得给他们补液，平衡他们的电解质。他开出了两份住院单："你们家两个小孩都脱水了，要住院。等下查个血常规，肝肾功能，再查个凝血四项。"

孩子妈妈提出了异议："我家没什么钱，能不能就给我女儿开点药带回去啊？"

这就是典型的"儿子是宝，女儿是草"的家长了。方梓源摇摇头："你们家小孩都需要住院。我会尽量给你们开医保能报销的药。"

孩子妈妈这才勉强同意给她女儿也办住院手续。

到了晚上八点多，陈谦才满脸倦色地回来。他一进来就说："小方，你杯子里的水不烫吧，能喝不？"

方梓源说:"能。没吃饭吧。我帮你泡面。"他拿出陈谦柜子里藏的老坛酸菜面,替他泡了。

陈谦一口气喝干了杯子里的水,又倒上满满一杯,这才缓过来:"我这还能回来呢,他们妇产科除了胖子在门诊,其余人还在那儿呢!产妇三十三周早产,大出血!抢救了十二个小时,总算是维持住生命体征了。孩子也不好。新生儿呼吸窘迫综合征,我跟汪主任两个调了一个多小时呼吸机参数。七点多,孩子的血氧饱和度、心率稳定住了。跟家属商量了一下,他们把孩子转到省里去了。汪主任回家了,我到这里歇一会儿!"

给刚出生的孩子调呼吸机参数很麻烦,氧气量大了,会损伤孩子的肺;氧气量小了,又不够孩子用。

方梓源也听说了这事:"人救回来就好。"

陈谦"哼"了一声:"你是没见到当时那个场景,你见到保管得气死!产科那帮人都快气得七窍生烟了!"他饿极了,也顾不得泡面没泡好,直接就开吃了。

方梓源说:"怎么?家属要放弃大人?"

陈谦很生气:"可不?一听说要切子宫,丈夫跟那婆婆就磨磨蹭蹭不肯签字。后来产妇亲妈赶过来,都下跪了,丈夫才签。产妇那婆婆还在叽叽歪歪,说切了就不能生二胎了。是没影的二胎重要,还是躺在里头的活人重要啊!后来下病危,丈夫和婆婆说只有这点钱,交了钱救小孩,就没钱救大人了,死活要签字放弃！产妇亲妈就发飙了，叫来一帮亲戚，又把在外头打工的儿子媳妇喊回来了。娘家人把钱垫出来了！"

真是悲哀，素不相识的医护人员在全力救治产妇，而产妇最亲近的丈夫，本该要求全力救她的人，却那么轻易地放弃了她的生命。虽然，那位产妇才刚刚生下他们夫妻两人的"爱情结晶"。

方梓源说："男方家属都跟着去省里了？"

陈谦已经把泡面吃完了，舒了一口气："是啊，都走了，产妇就丢给娘家了。要不是产妇生的是个男孩，估计他们也不会那么诚心去救。"他一迭声叹气，"那婆婆还大声嚷嚷，没日子过了！说那产妇进了他们家的门，生是他们家的人，死是他们家的鬼！说什么你们娘家要管，那就把人领回去管！还说什么，女人都不能生了，有什么用？他们家不养闲人！那丈夫也说不管了！你说，这叫什么事儿啊？"

方梓源也生气了："岂有此理！"他也叹了口气，"下午也遇到一对夫妻。两个小孩四季豆中毒。女儿不当回事，儿子一有点风吹草动，那对夫妻就紧张得不行。儿子女儿，不都是自己的孩子吗？"

陈谦说："就是！"他想起另外一件事，"江海求婚求得怎么样了？你视频录了没有？拍照了没有？"

方梓源说："有病人来，没来得及拍呢！现场气氛可好了，我都听到方蓁蓁说愿意了。"

陈谦"咦"了一声:"你说谁?"

方梓源笑了:"方蓁蓁啊,她大概早和江海谈了,你们还乱点鸳鸯谱!"

陈谦断然说:"不可能。我家瑶瑶和方蓁蓁是好朋友。她明明告诉我,方蓁蓁还是单身呢。我这就去问问。"他拿出手机打开微信,发了一条语音给薄瑶。在等薄瑶回信的空隙,他去看了一下朋友圈,猛地从椅子上跳了起来,"你看看这个,院草当众求婚!"他看了一会儿,就把手机递给了方梓源,"我朋友圈到处都是,估计你的也是。"

方梓源接过,往下浏览,整个人感觉都不好了。朋友圈里,有很多人放了他在台上唱歌,以及他跟方蓁蓁同框的照片。甚至还有人上传了视频。真正是有图有真相,怎么看怎么像是他在向方蓁蓁求婚。

薄瑶回复了,陈谦听了后,就公放了:"蓁蓁在朋友圈都写了,'方梓源,你愿意娶,我愿意嫁'。太棒了!我刚才打电话问蓁蓁了,她很开心,小方不错嘛,都当众求婚了。真是好大一个惊喜啊!"

方梓源怔住了:"啊——"他使劲拍了拍脑袋。事情怎么就成了这样呢?他发愁:"小江怎么办啊?"

陈谦说:"他怎么办,我怎么知道?关键是你,怎么办?这么多人都误会了。要不,你就将错就错!"

方梓源断然拒绝:"不行!"他是真心跟方蓁蓁不熟啊。

再说了,那是江海喜欢了多年的女孩子,他怎么可以横插一脚呢?

陈谦双手抱肩,瞅着方梓源,"啧啧"两声:"这事,还真不好收场了!"澄清这是一场误会,已经来不及了。

方梓源说:"那也得澄清。"这种事,要拒绝得趁早,而且得拒绝得干干脆脆,不留半点让人遐想的空间。

玩暧昧,拖着别人,是对人家女孩子不公平。方梓源立即发了一条朋友圈:"今天,帮江海求婚了。希望江海和他的心上人幸福一生!"然后,他把这句话复制,发到了自己QQ的说说上。

陈谦皱起眉头:"小方啊,你这样,让人家女孩子的脸往哪里搁啊?肯定要心碎了。还有小江的面子。"现在多少人都知道方蓁蓁喜欢的是方梓源了,而方梓源发了这一条,更多的人就知道江海喜欢方蓁蓁,方梓源对方蓁蓁一点儿意思都没有,而方蓁蓁会错了意。

方梓源说:"小江要喜欢方蓁蓁,那就去追啊。"

陈谦的手机不断响起,来了好多条语音,都是薄瑶发过来的。陈谦一一听了:"瑶瑶说,你刚发这一条,有好多人留言了。她刚才去问方蓁蓁了,已经有人截图给方蓁蓁了,她在哭呢!"

方梓源有点过意不去,但想起要是自己因为过意不去,而默认了这事,将来给方蓁蓁带来的伤害会更大。他说:"早点看清也好。"

陈谦又低头刷了一会儿朋友圈，看到江海发的一条："永远祝福你们！"配图是一张大大的卡通笑脸。陈谦叹了口气："小江也误会了，都祝福你们了。"看样子，胖子还真是痴情。

方梓源赶紧说："你有他电话吗？我打个电话解释一下。"

陈谦就把江海的电话号码给了他："悠着点说吧！"

方梓源刚拨了几个号码，就想起来江海的嗓子不行了。他改为发信息，重点说明了他对方蓁蓁是真的一丁点意思都没有！

江海很快就回了："我打电话给方蓁蓁了，她现在不想多说这件事。"

方梓源回复："加油！"

又是一夜忙碌。早上七点多，方梓源揉了揉眼睛，拿出卷子开始做题。

门被敲响了，门口扬起一个女声："方医生。"

方梓源回过头，模模糊糊认出来是昨天的主持人钱馨。他站起来："什么事啊？"

钱馨说："以前听萌萌提起过你。"

方梓源收了笑："你是？"

钱馨说："我和萌萌是好朋友。要是她还在，也许你们早就结婚了。"她低着头，"要不是上次遇到医闹，我还没注意到呢。看了你的信息采集表才知道你就是萌萌的男朋友。没想到你真的过来了,我当初还对萌萌说,你肯定不会跟她回老家。"

方梓源说:"是啊,她当时不信。这句话也好多年了。"

钱馨说:"我知道其中一个接受萌萌眼角膜捐赠的男孩的名字。你想不想去见他?"

根据赵书萌的遗愿,赵立民和方晓慧无偿捐赠了她的器官,让她以另一种方式活在这个世上。

方梓源问:"那个男孩好吗?"

钱馨点点头:"重见光明。我有他的地址。"

方梓源笑着摇摇头:"我不去打扰他了。"就让受捐者安安静静地生活吧。

钱馨说:"也好!我有张萌萌的照片,传给你吧。你加一下我的QQ!"

几秒之后,钱馨把照片传了过去:"我手机里就这张了。下个月我结婚,本来说好了,萌萌要当我的伴娘,可是,她永远没办法当了。"

方梓源打开一看,是萌萌有段时间用过的QQ头像。这张照片他有,是一张大头贴,还是他陪着赵书萌在学校附近的一个小店里照的。照片上的赵书萌歪着头,手指贴在脸颊上,双眼明亮如星星,露出一个大大的笑容,很清纯,很靓丽。

她会一直很年轻,而他一年比一年老。

他伸手摩挲着屏幕上赵书萌的脸:"萌萌,有一天再见,你会不会嫌我老?"

赵书萌,她的名字,一笔一画地刻在他心头。

这样就很好。

心里愿意,再累,也不会后悔。

他愿意在余下的漫漫时光里,在她最想回去的地方,做她最想做的医生,走好她最想走的路。

南江

大学毕业后,我回了老家,进了一家普通的公司,拿着不多不少的工资,过着中规中矩的生活。

日子很平庸。

平庸到我还没有结婚,就可以预想到三十年后的模样。

一想到这个,我的心就沉甸甸的。

更让我难受的是,我工作之后,一夜之间,所有的亲戚都在催婚。

尤其是我的爸爸妈妈,恨不得我能原地结婚,好像我不结婚,就很对不起他们。

吃早饭的时候,爸爸妈妈又喋喋不休,吵得我脑子嗡嗡嗡地响。

我知道这是为我好,但我就是受不了。

我转身进了房间。

房间里的手机正充着电，我没拔充电线，飞快地按下了一串数字拨了过去。

电话很快就接通了，我还没说话，沈念就在那头号哭。

他说："小丽一个小时前说她要去结婚！"

沈念是我邻居，跟我同年，是我的男闺蜜，就比我大几个月。

他毕业后在南江工作，逢年过节会回来和我聚聚，但也就是在老房子里住个几天又走了。

听沈念说过，小丽是他新接触才一个星期的女孩子。

每隔一段时间，沈念都要跑到我跟前求安慰，告诉我，他正在上演惊天动地的分手戏码。

而且最为狗血的是，在他的叙述里，每一次剧情都差不多，沈念都是被无情抛弃的那一方。

我很冷静地打断他："想不想在她前头结婚？"

沈念大声号着："我想啊！可别人都不搭理我啊！一个个跟我关系好着，然后又都找别人去谈了！"

沈念就是一个万年备胎的命。

我舔了舔嘴唇，尽量让我的话听起来靠谱一点，说："沈念，我们结婚吧！"

电话那头，沈念的号叫戛然而止。

他停顿了几秒钟，声音都在颤抖："小萌，你发烧了吗？你不是喜欢穆——"他迟疑了一下，小声说，"结婚不是谈恋爱。谈恋爱分手就分手了,我们要真结婚,肯定是不能悔婚的!"

对啊,我们两家打小就认识。

我要和他结婚,那就是得一辈子走到底的。

我叹了口气,说:"我要再不结婚,家里就蹲不下去了。"

桌上放着笔记本电脑,打开电脑,弹出一个网站。

我的目光停在页面上,穆书成与霍蓁蓁即将在明天举行世纪婚礼的消息占据了网站的头版头条。

曝光的一组结婚照是校园风格的,我最喜欢的风格。

婚礼会办得很盛大,很童话,有花瓣铺地,有烟火漫天,有合唱团与钢琴曲,跟我当初描述的一模一样。

但,就是没有我。

我再叹了一口气,说:"我自己很想结婚了。"

我停顿了一下,微微抬起脸,不让自己的眼泪流下来:"沈念,我想结婚了,要不,我们结婚吧!"

沈念舌头都打结了,说:"江小萌,你不喜欢我的!我,我,我也不喜欢你!"

我当然知道他也不喜欢我,要不然,我们两个早在一起了。

我接着叹气,说:"反正我也不想再找人了。你总是要结个婚。我们两个凑合凑合算了。其他人不敢保证啊,至少我和你那么多年交情,结了婚是不会离婚的。"

我顿了顿,深深地叹了一口气,说:"沈念,你在生命中有没有遇到一个人，遇上他后，除了他，所有人都是浮云。"

我的事，沈念什么都知道。

其实，我也就是一说，婚姻大事，不可能儿戏。

我没指望沈念跟着我一起疯。

他是个靠谱的经济适用男，完全可以找个踏实的姑娘，好好地过日子。

沈念在电话那头瞬间安静了，过了十几秒钟，然后说："你跟我去南江吧。"

我问："嗯？"

沈念"嗯"了一声："反正你可以在南江再找一份工作。那么，现在，我是直接去你家，还是相约民政局？"

反倒是我愣了。

我问："什么啊？"

沈念轻轻地说："结婚要男孩子提的。江小萌，我们结婚吧！"

我愣了片刻，说："好！"

挂了电话，我换了衣服，拎着包，正要出房门，想了一下，又折回头，将重要证件全部塞进包里，这才走了出去。

妈妈问："你去哪儿？"

我径直走过去开门，沈念探进来半个脑袋。

他来得急，还穿着睡衣，头发乱蓬蓬的。

他左手捏着身份证，右手扬了扬户口本："小萌，除了户口本和身份证,结婚还要带什么?"他补充了一句,"钱包我带着了。"

我说:"我上网搜了,结婚九块钱就行。"

沈念对着爸爸妈妈,笑着说:"叔叔阿姨,我今天就去和小萌领证了。"

我抬起头,跟着他走出房间,余光瞥过,爸爸妈妈又惊又喜。

坐了六个小时的汽车,终于到了南江南站,转乘两路地铁,再坐公交车,又走了一段路,沈念总算领着我走进了他新买的房子。

这房子在南江郊区的大学城里,小户型,一室一厅,一厨一卫,是他父母出的首付,记在他名下。

沈念的父母生了两个孩子,大女儿沈言,小儿子沈念。

他们掏出了一辈子的积蓄,给沈言在锦屏市凑出了首付,又给了沈念二十万凑出南江一套小户型的首付,并且将老家的房子加上了沈念的名字,打算以后将房子留给小儿子。

沈言前两年生了个女儿,沈念的父母过去照料,基本上到过年的时候才回老家一趟,所以沈念过着没人管的生活。

他自由往返于南江、老家之间,偶尔去一下锦屏市,很是逍遥自在。

沈念从柜子里翻出折叠床,麻利地收拾起来,问:"你打算怎么找工作?"

我看着锅里沸腾的水,发了一会儿呆,才将方便面丢进去煮,闷声说:"找家小私企打工吧!"

现在不是找工作的时候,好一点儿的工作不好找。好在一般的小公司也是要打工的,只不过,钱少事多没什么前途就是了。

我有点后悔。

要是当初坚持留在南江,就不存在这样的麻烦了。

当然,这念头只是一闪而过,毕竟,要是再来一次,我还是会选择远远地离开。

只不过,我没有想到,时隔一年,我居然会莫名其妙地再回来。

沈念犹豫了一下子,搓了搓手,说:"你不会去找他了吧!"

我将锅盖重重地盖了上去,说:"他都已经结婚了。"我停顿了一下,虚弱地笑了笑:"就算他不跟霍蓁蓁,也会有别人。傻了一回不够,还要再傻一回吗?"

以前是我太天真,看了偶像剧,就以为穆书成如同剧中的男主,踏着七彩祥云,让我一下子从灰姑娘变成白雪公主。

可实际上,穆书成根本就没把我当回事。

沈念松了一口气,轻声说:"你也结婚了。"

被他这么一提醒,我这才想起来,我也结婚了!而且我就是和眼前的沈念结的婚!

我瞅着他,看了好几秒,说:"简直难以置信,我和你竟然结婚了!"

沈念被我看得很不好意思,脸都红了,清了清嗓子,嚷嚷起来:"看什么看啊,你都看了我二十几年了!小萌,我义气吧,拯救你于水火之中。你要怎么谢谢我呢?"

我理直气壮地挥舞着锅铲,说:"我也在救你好不好?你看,你和我结婚了,这样你就永远不会失恋了。"

沈念轻松地笑起来,说:"那倒也是。你要再折腾,你爸妈能灭了你。嘿嘿!"

他的眼睛很亮,说:"我把简历的模板给你,你等下做个简历。现在真不是招工的旺季,我们得在简历上下功夫。"

我没指望能进大公司,只希望先找一个能养活自己的工作。

我说:"先找份事吧!看店的行,前台也行。"

附近的大学多,小店铺小旅馆也多。底薪加奖金,做得好,两三千一个月,勉强可以活下去。

要是能找份包吃的工作就更好了。

我不大会做饭,唯一拿得出手的,就是煮方便面。

沈念铺好了折叠床,走到厨房,拿出来两只碗和两双筷子,说:"等下我先带你去办张电话卡,然后再去七浦路买点东西。"

水开了,我把面饼放进去,然后才轻轻地说:"不用了,我的南江号留着,里面还有话费。"

那是穆书成替我充的,当时他在粤城与南江之间来回跑。

我们之间的电话常常漫游,怕我话费不够,他每个月都缴上一千元。

后来,他跟我断了,我看着他无情地离去,哭得一点力气都没有,丢掉了他送的所有东西,但独独把这张电话卡留着。

知道他不会再打这个电话,但是我就是舍不得丢掉。

我也想像他一样,潇洒地离开,但到最后,还是拖泥带水地留一个口子。

明知道,这个电话,他不会再打,可我就是固执地留下一个念想。

无论如何,穆书成欠我一个解释。

沈念看了我几秒钟,叹了口气,说:"那就改个套餐吧,全球通的月租太贵了。"

从老家坐车过来,一路都没有吃东西,沈念显然很饿了。

他低着头,捧起碗,大口大口地吃着面,边吃边说:"超市的最后一班车是九点,我们七点从市区坐地铁回来,去趟超市。那个点好多菜都打折,要买好一周的菜。"

刚工作一年的上班族很不容易。

沈念现在在市区一家公司工作,每天光通勤的时间就要差不多三个小时,一个月税后工资四千七百元,除去还房贷的两千八百元，还剩下一千九百元做日用。柴米油盐、水费电费交通费话费、人情往来，七七八八加起来的开支可不是一笔小数目，饶是他能省则省，每个月能存下来的钱，也不过是几百元。

但他这样的生活，在同期毕业的同学中，已经算是不错的。

他好歹在南江有个自己的窝儿。

在南江，一套房子，就是一个人的一辈子。

我看着在厨房里大口吃面的沈念，在心里叹了口气。

沈念是学工科的，最喜欢捣鼓瓶瓶罐罐，以前嚷嚷着要做实验，而我学的是英语，曾经梦想做同声传译。

只不过，现在都只是想想而已。

十八岁的时候，拿着大学录取通知书，都是梦想比天大。

等到一毕业，大家被现实从云端丢到了地上，每天围着衣食住行忙得团团转。

人要吃，要住，哪一样不要钱？

总是要先生存，再生活，然后谈梦想。

我默默地吃着面。先喝了一大口汤，又咸又辣又热的汤喝下去，我只觉得肚子舒服极了。

用钱能解决的麻烦，不是麻烦，可麻烦的是我没有钱。

我没有钱，沈念也没有什么钱。

沈念从口袋里掏出钱包，将里头的百元钞全部抽出来，飞快地塞进我手里,说:"找工作的时候,多带点现金!"

我没有收,说:"沈念,几百块钱,我还是有的。"

沈念又甩出了一张卡,说:"这里头有两万,我存的,你先拿着。"

我知道,这个钱是他从牙齿缝里一点点省下来的,每一分钱都赚得不容易。这年头,谁都不敢轻易借钱给别人。他是真的信任我。

我很感激地说:"我会早点还钱的。"

沈念没好气地瞪了我一眼,说:"你是不是又忘了我们已经结婚的事啊?"

我不由地抬起头来,说:"沈念——"

沈念已经转过脸,收拾起碗筷了:"从今天开始,你是我老婆了,有我一口泡面吃,肯定也不会少你一口。"

我有很多话想说,但最后到嘴边挤出来的,就只有两个字:"谢谢。"

沈念回过头,朝我笑了笑,说:"跟你老公谢什么啊?我始终站在你的身边。"

厨房的灯光一点儿都不亮,但是沈念的笑容很亮,轻轻地温暖着我心底的凉。

我特别想哭,特别想抱着沈念肆无忌惮地哭一场,最后我只是侧过身,微微扬起头,将眼角的泪花逼了回去。

我想起了,我最悲凉的那一天。

我的手机接到一条短信，通知我的银行卡有一笔转账，一共是五万元。

几分钟后，穆书成私人助理的电话打了过来，通知我，穆书成要跟我断了。

真是可笑，恋爱是他来谈的，但是说分手的时候，他假手于人，让私人助理客气而公式地通知我一句，就像通知一件很寻常的事情一样。

私人助理的口气非常温柔："江小姐，您实习的工资，已经打到您的卡上，穆总对您的表现很满意，额外发有奖金。不过，因为业务调整，江小姐所在的部门被取消了，所以江小姐不能留用了。十分抱歉。穆总的行程比较满，如果江小姐还有什么要求，可以直接打电话给我。"

这一段话，听得我心里拔凉拔凉的。

我听懂了，穆书成这是用五万元打发我走！

我真想仰头冷笑，原来在他眼里，我付出一切的初恋，我用全部的真心投入的初恋，只值五万元！

我快疯了。

打车去穆书成的小区，却发现我连小区的大门都进不了，一遍遍地拨打穆书成的电话号码，竟是空号。

我在小区门口徘徊了很久，最后蜷缩在门外，号啕大哭。

最后，还是沈念坐着最后一班公交车，将哭得软成一团的我接了回来。

他骂开了:"不就是失个恋吗?值得你要死要活吗?江小萌,我告诉你,你就是跳了黄浦江,人家穆书成眼皮都不会抬一下!不就是个男人吗?有什么了不起?为了一个人渣,你犯得着糟蹋自己吗?你就是作死也没用!"

我哭得肝肠寸断,抽抽搭搭地说:"他对我很温柔啊,他买了很多东西给我,他对我说话的口气真的很温柔啊!"

沈念更加愤怒,骂道:"江小萌!他有跟你说过要结婚吗?有说过你是他女朋友吗?还是你知道他是'高帅富',就犯神经了!你小说看多了吧!他那种人哪里可能会娶你!你还哭!再哭我也不管你了!江小萌,三条腿的蛤蟆难找,两条腿的男人满大街都是!要我说,随便一个男人都比那个穆书成强!他是什么东西?不就有两个钱吗?不就长得好点吗?可他爱你吗?我看他就是骗你!看你好骗!"

盛夏的夜晚,天那么热,我却觉得身子冷极了,浑身哆嗦着,恨不得缩成一团。

我哭着说:"可是,我真的很喜欢他!"

沈念大喊道:"这算什么!你命不是还在吗?振作点!一次失恋死不了人!你才多大,学着点我,失恋了有什么了不起,明天又是生龙活虎的一条好汉!"

我碎碎念:"不一样的,我是真心的。他就是我的命。"

沈念指着我的脑门,大声说:"你疯了!难不成你失恋了,就该把命搭上?为了一个根本就是人渣的混蛋!"

说到最后,他咬牙切齿,没好气地说:"江小萌,你再这个死样子,我就把你捆成个粽子,丢进江里喂鱼!"

他一边吃力地拖着我,一边愤愤地数落着,恨铁不成钢。

那时候,已经是深夜。

回去的公交车已经没有了,我们又没钱打车。

他拖着我,走了很长很长的时间。

我走得双腿都麻木了,只是机械地被他拖着走。

路灯明亮,而我的心很凄凉。

打开沈念的电脑,我开始做简历。

早点找到工作早好。

而找工作,不是光想想就成的。

首先,我得找准定位,然后有针对性地在简历上下功夫。

我苦笑。

这些有限的找工作的常识,都是我在大四上学期就业指导课上听来的。

只可惜,那时候我一门心思地跟穆书成谈恋爱,做着灰姑娘的梦,根本就没有认真记。

好好找工作,挣钱吧!

自己挣的钱,每一分钱都花得特踏实。

我不求大富大贵,只求平稳地过完这一生。

做简历不难,难的是做一份好简历,能让HR(人事)从一大沓简历中看到,这是求职的第一关。要知道现在求职人多岗位少,大家都是精心做简历,要从中脱颖而出可不容易。

简历通用模板太多,而 HR 见多识广,若是直接采用通用模板,很可能给人一种漫天撒网,不是一心想在这一家公司干的印象。要是给 HR 留下这个印象,只怕这一份简历就是进垃圾箱的命运了。

我得制作有针对性的简历。

而所谓有针对性,就是针对不同公司不同岗位的要求,设计个性化的简历。

我大学还可以,但是专业是通用型专业,博而不专。

手头上的证书也就是计算机二级、英语专四这类通用证书。

我这样的条件,好处是适合的岗位比较多,坏处是我被替代的可能性太高。因为我会干的活儿,很多人都会干。

况且我还不是应届生,在老家那一年,我只是混日子,根本就没有学到什么技能,而 HR 对往届生的要求向来又比应届生高。

我叹了口气。

面试行政管理岗位,把握大点,但工资肯定不会高;面试外贸岗位,专四的证书就不够看了。

算了,钱少就钱少,先找到一份能糊口的工作再说吧。

要是我能掌握一点技术就好了,技多不压身嘛。

只可惜,我明白得晚了点。但好在我现在是明白过来了。

从这一刻开始努力,还来得及。

等找到了工作,我必须要充电。在职场上混,总是要让自己更有本事一点儿。

到了睡觉的时候,我的心情还是有些低落,望着天花板,兀自苦笑。

二十三岁,青春还未远去,失恋的伤痕还未结疤,我感到迷茫。

在永远年轻的大都市里,我看不到年轻的我未来在哪里。

我不知道,我这样冲动地拖着沈念一头栽进婚姻里,是对还是错。

睡了一觉,我起来已经是上午九点。

沈念不在,房子里也没有他留的字条。我安上南江号码的卡,手机很快就接到沈念的一条短信:"我出门了,头儿喊,去加班,尽量早回,饭自己做吧,米在柜子里,冰箱里有榨菜。"

我看了一下,他发信息的时间是早上五点四十八。这么早,天没有亮透,他却已经在上班的路上了。

我马上回复:"好啊,你也注意休息。"

这世上,命运的宠儿太少。

繁华的大城市,五光十色,但最好的都不属于我们。

不停地加班,我们拿着微薄的工资,勉强过着日子。

在外头奔波了一天,我的工作没有着落。

到了晚上九点多,我拖着疲倦的身体回家,才到小区门口,就看到门旁边站着一个熟悉的身影。

沈念正站在小区门口等我。

他的手里拿了一枝红色的玫瑰。

我一路小跑到他跟前。

沈念别别扭扭地把花往我手里一递,说:"路上看到的,打折,随手就买了一枝。"

我怔怔地看了他几秒,再看看手里的花。

玫瑰花瓣的边缘有些许枯萎。

但是,这是沈念送给我的花。

我忍了很久的眼泪最终落了下来。

沈念的背后是林立的高层住宅楼。

楼上是万千灯火。

在陌生而繁华的城市里,总有一盏灯是为我而亮的。

过尽松陵路

南江今年的秋天来得特别早。

清晨六点半,外头有些许的凉意,章小玉化着淡妆,穿着咖啡色的长风衣,踩着十厘米的高跟鞋,一手提着包,一手拿着早点,一路狂奔。

离公交站台一百米时,她眼睁睁看着淞江18路开出了站台。

下一班车要十分钟以后。

她租的房子离公司很远,先走到这边买早点,下了公交车之后换两路地铁再步行三十分钟,每天耗在路上的时间就是近五个小时。她向来会给自己留出十分钟的机动时间,但今天买汤包的人多了些,所以就晚了。

一步晚,处处晚。

要是等下行程稍微耽搁一点儿,她这个月的全勤就泡汤了。

章小玉叹了口气，放慢了脚步，慢慢地上了公交车。

现在人不算多，她挑了倒数第二排临窗的位置坐下，打开装包子的饭盒。

盒子里八个汤包还冒着热气。

汤包的下半部分浸在醋跟辣油里，白嫩的薄皮染成了褐色，上头还带点红，看着就催人食指大动。

她用筷子夹起一个，吹了吹，小心翼翼地咬了一小口，先是满口酸辣味，再接着鲜美的肉汤汁就流了出来，差点烫到她的舌头。

她忙不迭地缩回舌头，轻轻地吹了下，吹一口吃一小口。

这还是她跟霍天泽在一起后养成的习惯，要是搁在她刚上大学那会儿，她哪里会怕烫舌头，早就一口一个了，而且绝不会加醋。

吃完后，她把装饭盒的塑料袋扎好，扔进公交车上的垃圾桶里。

以前上学时，霍天泽来她的学校看她，她明知道霍天泽不喜欢吃小摊子小饭店里的东西，还总是硬拉着他吃。

她就是喜欢看着他斯斯文文地坐着，一边皱眉，一边一小口一小口地把东西吃掉的样子。

霍天泽不是不喜欢那些东西的味道，只是嫌弃脏而已。

而在学校周边的一圈小摊小店里，霍天泽最喜欢的就是这家汤包。

他总是买一屉，跟她坐在起霞湖柳树下的石凳上，一人四个分着吃。

辣油跟醋是分开装在两个小塑料袋里的。因为他不吃辣，而她不喜欢醋。

他总是先把辣油倒在饭盒的盖子里，再夹起汤包吹一吹，蘸点辣油，吹一吹，再送到她的唇边，温柔地看着她吃完四个，然后再把醋倒出来，自己慢条斯理地吃剩下的四个。

他的吃相一向很好看，就是吃路边摊，也能吃出优雅的范儿。

而这个时候，她总是靠在他的肩上，眯着眼，透过稀疏的柳条，去看阳光下波光粼粼的湖面。

湖的那一头是图书馆，一眼就能看见图书馆哥特式的塔尖。

空中有淡淡的流云，隔着湖水看去，那塔尖仿佛就在云中。

塔下是钟。

整点的时候，钟声响起，一下又一下，敲在无边无际的流年里。

闭起眼，那些事仿佛还在昨天。

可惜，只是仿佛而已。

那时候真好，年轻真好。

很多年过去了，汤包店的老板还是那个老板，汤包的味道还是那个味道，饭盒里依然会加辣油跟醋，但来吃汤包的只有她一个人了。

毕业已经六年了，跟霍天泽分手也已经六年了。

六年的时间，说短也不短，却好像是眨眨眼就过去了，一晃，她就二十八了，从青春洋溢有无限勇气的阳光少女，成了为五斗米忙忙碌碌的小职员。

二十八岁是一个很尴尬的年纪，老大不小，没了撒娇卖萌的资本；但让她扮成熟，还有那么点不甘心。

明知道她跟霍天泽再也不可能了，明知道她的年龄也不小了，不能无限期地往下拖了，她还是不愿意去凑合。

章小玉的嘴角扬起苦涩的笑，来自家里的压力越来越大，她不知道自己还能撑多久，如果可以，她宁愿一直这样一个人过下去。

哪怕她跟他相隔的山再高，水再长，哪怕她只能一直在回忆里爱。

赶到公司，离九点还有一分钟，她不由地长舒一口气。

打卡后，她经过前台，见前台一向活泼的小颂无精打采地趴在桌上，不由地奇怪："小颂，你怎么了？身体不舒服吗？"

小颂苦着脸："小玉姐，你还不知道吧，公司被收购了，也许要裁员！"

章小玉吓了一大跳："什么时候的事？"这家基金公司，她来才一年多，在法务部，还是底层混着，消息并不灵通。

她不由地担忧起来。

她在这家公司并不重要，而且年纪很尴尬。要是裁员，只怕头一批的名单上就会有她！她的上一份工作就是因为HR觉得她年纪大了，才不跟她续约的。

仿佛有一条看不见的规则，女人一到三十，就得赶着去结婚生孩子。

其实不是她不愿意结，而是非君不可。她的心里早就装了一个霍天泽。也许是她的心眼太小，小到除了他再也放不下别人。

小颂抱着头："就是昨天。晚上小琳打电话通知的，说新老板九点半过来视察，叫我一定要准时上班，最好提前来。小玉姐，怎么办啊？我不想被裁掉啊！"

黄琳是人事部的，跟章小玉同批进来的。不知为何，黄琳一直隐隐对章小玉有敌意。

章小玉觉得有些不对劲，但没细想，只顾忧愁了："我也不想被裁掉。"

公司被收购后，员工肯定会被重新洗牌。

而这家公司待遇还不错，五险一金，税后到手快六千，加班有加班费，还有交通补助。虽说加班出差是家常便饭，但让她再找一家像这样的公司，可不容易。

毕竟，马上又有一大波毕业生要开始找工作了。他们虽没经验，但胜在年轻，而且预想的工资没有她要得多。而法务部的普通员工，对经验要求并不高。

两人对起来愁了一番，还没想出来个一二三，公司的门禁开了，一群人簇拥着一位西装革履的男子走了进来。

章小玉抬起头，呆住了。

来人正是霍天泽。

他成熟了许多，也更帅更有气质了，一出现，就能牢牢吸引住所有人的目光。

章小玉突然想起当年热播的《孝庄秘史》片头曲里的那句歌词："你在那万人中央，感受那万丈荣光。"

隔了这么久再次见到他，他的神色跟当年第一次见面的时候一模一样，冷峻如一座会移动的冰山，瞧不出半分情绪的变化。

是的，兜兜转转了一圈，他还是那个他，高高在上，笼罩在成功的光芒里；而她也还是那个她，低到了尘埃里，只能抬头去仰望他。

霍天泽停住了脚步，望向她，目光平静如深潭。

她没来由地一阵心慌，忙心虚地躲开了他的目光，看向他的身侧。

簇拥在霍天泽身边的是公司的高管们，都是平常传说中的人物。有好几位，章小玉只在公司开全员大会时见到过。

总经理王宏的目光扫在章小玉手里的提包上，不留痕迹地皱了皱眉。还是法务部的经理宋瑜认出了她，有些不好意思地出列："这是我们法务部的章小玉。"她绷着脸，问章小玉，"怎么迟到了？人事部不是都通知了，今天要准时上班！"

章小玉有点蒙。

她根本就没有接到通知！往下一想，章小玉心里有数了。好一个黄琳，摆了她一道。她这个样子落在这么多高管眼里，肯定会给他们留下不好的印象。就算她现在解释，人家也未必肯信。毕竟别人都知道的事，没道理她不知道。更何况黄琳是人事部的，跟她也没有直接的利益冲突，没道理来害她，解释过头反而像在推卸责任。再说了，就算头头给她机会让她跟黄琳对峙，人家黄琳肯定也有说法。她既然敢做，就已经有了万全的准备。

况且公司的高管们又不是天平，主张公正。他们要的是公司维持正常的运转，就算知道她是被冤枉的，又能怎么样呢。

她下意识地看了霍天泽一眼，而霍天泽下巴微微抬了抬，脸上一点表情都没有，心里没来由地一阵委屈，故作镇定地移开眼神，把所有解释的话咽了下去。

她赌气地放低了姿态，道歉："对不起，我出门晚了。"

新老板头一次来公司，宋瑜本来铆足劲，想好好地表现一番。可老板才刚进门呢，就撞见员工迟到，而这个迟到的员工还是出自她的法务部，当着其他高管的面，她不免有些挂不住面子。但碍着新老板在,她也不好立即发作,便说:"你回去工作,等下来我办公室。"

不是不处罚,而是押后处罚。

小颂暗自丢给章小玉一个同情的眼神。真是的,章小玉也太傻了,为什么不解释,反倒一口认下来自己迟到,这下好了,明明没有迟到,但也只能背这个黑锅了。现在可是公司人员调整的关键时刻,她就不怕这一下,自己的位置就保不住了?

章小玉耷拉着脑袋,提着包,答应了一声,准备溜进去。

霍天泽口气冰冷冷的:"公司的纪律就这样?"说完,他抬脚就往前走,再没有多看章小玉一眼。

大老板开了腔,这下别说是小颂了,就是宋瑜也在心中为章小玉捏了把汗。这章小玉算是倒了八辈子霉,撞到枪口上了。公司被收购后,肯定要整顿一番,章小玉只怕是会被拎出来做反面的典型。

回话的是王宏:"我们立即整顿公司纪律。"至于章小玉,他下了决断,"人事部跟她结算一下!"

这是要辞退的节奏。

章小玉咬着嘴唇,眼圈微微泛红,脱口而出: "我没——"

在场的高管们都是人精,就从这一句话中,便猜到了几分真相。有一两个沉不住气的,不免看向宋瑜。

霍天泽停住了脚步,没有回头,声音平平,但里头有几分凌厉的气势:"嗯?"

章小玉话说出了口,隐隐有几分后悔,方才承认自己迟到,现在又说没有,就算是事后拿出了打卡记录,洗刷了这一冤屈,却大大得罪了宋瑜。毕竟,是宋瑜问,她才认的,这可能会给人留下一个印象:宋瑜是严厉的上司,平时积威已久,久到底下人只会唯唯诺诺,连真话都不敢说。就算是留了下来,她将来的日子也不会好过。

可她真的不想被辞退。

这一踟蹰,现场就静了几秒钟。

高管们没摸清霍天泽的路数,都不敢贸然说话。宋瑜也安静地站在一边,脸上不显,心里已把章小玉骂了个千百遍,这章小玉平时倒好,怎么关键时刻掉链子!她盘算着接下来该如何应对,省得大老板这把火烧到她身上。

霍天泽等了一下,没等到回答,再次抬脚,往前走去。

章小玉把心一横,打算把事情扛下来:"霍董,我没什么好说的,但是请您再给我一次机会,我以后不会再犯了。"

霍天泽猛地停住了脚步,侧过脸,眉头微微皱着,深邃的目光落在章小玉身上,看得章小玉心里毛毛的。章小玉不由地往后缩了缩,想把自己藏起来,藏到一个让霍天泽看不到的地方去。

可现实是,她无处可藏。

而众多审视的目光悄然地在她跟霍天泽之间徘徊。

王宏心中一动,这两个人的气场不对。霍董是什么态度,他没看出来,但章小玉看霍董的眼神,他瞧得分明,明显不是在看一个陌生人。想到这里,他斟酌着字眼,赔着笑:"杨总,这个员工平时不迟到,这次是不是要网开一面?"

霍天泽不置可否。

王宏松了一口气,这算是赌对了,便对宋瑜说:"事情交给你处理了。"相信以宋瑜的聪明劲,知道该怎么做。

宋瑜听到章小玉担下事情,悬着的心放了大半下来,心领神会:"你去工作吧!"对章小玉的处置,得轻拿轻放。

章小玉答应后才要走,却听到霍天泽淡淡地说:"一个小时后,你到我办公室来。"

这一个小时,章小玉不知道是怎么度过的,真是如坐针毡。十点一过,她就在一片或同情或揣测的目光里,磨磨蹭蹭地往霍天泽的办公室走去。

董事长的办公室在十五楼。占了整整一层。董事长秘书换了人,位置没变,就在电梯口的那间办公室里,四周都是透明的玻璃。他见章小玉从电梯里出来,就忙走出来迎了上去:"苏小姐,请问您要喝点什么?"

章小玉忙说:"不用。"

董事长秘书叫方宇,跟霍天泽有几年了,多少知道一点内情。他做了一个请的手势:"霍董就在里面。苏小姐,请!"他做了一个请的手势,却没有要领她进去的意思。

大约是近乡情更怯,章小玉到了霍天泽的办公室外头,反倒不敢进去。她的手搭在门把手上,抬头去看门牌,上头是"董事长办公室"六个烫金的字。她眯着眼,看了一小会儿,最后深吸了一口气,推门进去。

可才进门,她就被人猛地一拽。一个脚步不稳,她就被推到了门边的墙上,她听到"砰"的一声,门被重重地关上了。

她一抬眼,正对上霍天泽冰冷的眼神。

背后是墙,退无可退,而往前一步就是他。

霍天泽一把抓住她的手,重重地一丢,冷冷地说:"章小玉,越活越回去了?不是你的错,还往身上揽,嗯?"

章小玉抬起头,瞧了一眼他冰冷的神色,低下头,气场一下子就弱下来,嘴巴张了张:"是我技不如人。"

身边一票人都是竞争对手,你永远不知道一直对你言笑晏晏的人,背后会不会狠狠地捅你一刀。就冲黄琳对她态度不够友善,她就该防一手。这回是她自己太大意了,栽在黄琳手上,她服输。

说来也惭愧,黄琳不过毕业一年,还是职场新人,下起手来,可比她这个毕业好几年的老白菜要狠绝得多。要是新老板不是霍天泽,只怕她这会子已经在办离职手续了。

不过,这样的手段,她也许永远都学不来。

做人总有底线，她不喜欢去害人。比起背地里做小动作，她更喜欢"阳谋"。

霍天泽审视着章小玉，口气淡淡的："你变了。"

章小玉心里一震，是啊，要搁在大学时代，她早就风风火火地冲到黄琳跟前，不管不顾先给黄琳一巴掌，出了气再说。

工作后，在现实里摸爬滚打了几年，她的棱角磨平了许多，早没了当初那股撞了南墙也不回头的勇气。

有些事，明知道做了也无用，只是徒增旁人的谈资和笑料，她也就不会去做了。

她笑得酸涩："你没变。"还是那么男神范儿，让人觉得高不可攀。她嘴角上扬，努力笑得好看些，"霍董找我，就为了叙旧？"

霍天泽转过身，走到会客厅，在真皮沙发上坐下。这时，方秘书敲门，等霍天泽说"进来"后，才送进来两杯咖啡，放到沙发前的茶几上，然后目不斜视地离开了。

霍天泽示意章小玉坐过来，拿起放在茶几上的一杯咖啡，喝了一小口："不想换个职位？"

章小玉却没走过去，只是抬起头，眼里迸发了一点儿光，然而很快，那点儿光就熄灭了："本科里学的都还给老师了。"

金融知识日新月异，毕业后，她做的却是法务，一直以来研究的是相关的法条，再让她把东西捡起来，有点难了。

霍天泽放下了咖啡杯："机会，就一次。"

说完，他平静地看了章小玉一眼。

不得不说，这是个千载难逢的机会，谁不想有份专业对口的工作。可毕业那年，莫名其妙地，金融行业，无论大小公司都拒收。一直熬到毕业后的五个月，司考成绩出来后，章小玉才凭着刚刚考过的分数，在一家小公司找到法务的工作。可毕竟她只是通过了一场司考，并没有专业积累，所以她再怎么努力，也是差了一截的。毕竟，在她充电的同时，同事们也没闲着。到了这家基金公司，就更是如此了，她根本就拼不过那帮名校出来的法律系高才生。

要是去市场部或者研发部，固然专业对口，可她的知识已然老化，得从头学起，还得继续考证。而且，她是被大老板直接安排过去的，肯定会被很多人盯上，将来要是出一点儿错，都会被无限放大。

不过，挑战越大，收获就越大！

章小玉咬咬牙："我去！"

霍天泽再次端起咖啡杯，神色依旧冷漠："我只帮你这回。"

言下之意，以后再有麻烦，就自己解决。

不过，有这回就够了，多少人就是想进来，也没人递台阶。章小玉真心实意地说："谢谢你！"

霍天泽"嗯"了一声，嘴角上扬，却无多少笑意："知道等下该怎么说吗？"

章小玉想也没想："是我求来的。在霍董面前立下誓言，要是一年内没有业绩，任凭处置。"

"你自己处理。"霍天泽放下咖啡杯，走到章小玉的面前，看着她，轻描淡写地来了一句，"帮你，不过是举手之劳。"

章小玉微微一愣，不觉抬头去看霍天泽。

霍天泽眉头微微一皱："你的眼神——"他的手搭了一下领带夹，移开了目光，"不能以我的前女友自居。"

章小玉脸上一热，心里一阵凄凉。她看霍天泽的眼神不对头，那些高管眼不瞎，肯定在心里有几分猜测了。可这段过往，她只想埋在心底，没打算四处张扬，霍天泽却不愿翻出旧账，仿佛这是一段极不光彩的历史，只适宜被深深掩埋。

六年之后，她不再是他的女朋友，而是他的前女友。而就是一个前女友，霍天泽也不肯认了。

这样也好，桥归桥，路归路。

章小玉从新老板的办公室出来，就突然从法务部调到市场部，而且进了最牛的程少磊团队，不免一石惊起千层浪，引起了公司上下的议论。

趁着中午一道在食堂吃饭的机会，小颂端着餐盘，坐到了章小玉的右手边，一脸八卦地挤眉弄眼："小玉姐，你跟大老板认识？"

章小玉放下了筷子："今天食堂伙食真好。"虽是答非所问,但她说的是实话。今天食堂简直是超水平发挥。一荤一素烧得是色香味俱全。平常一大锅汤里就漂着几片菜叶,今天却是排骨山药汤,而且排骨的分量超足。

小颂摆摆手:"别岔开话题!"

章小玉一本正经地说:"他是我大学时代的男神。我一直暗恋他来着,就去向他告白了。"

小颂也跟着放下筷子:"严肃点。"

章小玉说:"真的。"

小颂扑哧笑出声来:"我瞧你看大老板的眼神水汪汪的,你说你暗恋他,我信。但是表白——"她笑着摇摇头,"还是算了吧!你在宋部长面前就厌,怎么可能敢跟大老板告白?是不是别有隐情啊?来来来,说一说嘛!"

坐在附近吃饭的同事们耳朵都竖了起来。

章小玉说:"我向他表忠心来着,今后一定好好干!"

小颂翻了个白眼:"你怎么不说大老板是你男朋友呢,你就吹吧!小玉姐,咱们是什么关系呀!你就说嘛!我保证不往外传。"

章小玉当然不信。不往外传,那就是要在公司里头大传特传。朱小颂人不错,就是嘴巴太大,漏风,什么事只要告诉了她,就等于是向全公司广播。而且那广播还自带艺术化功能,传着传着就离谱了。

这时,一个餐盘放到了章小玉的左手边,紧接着响起一个温和的男声:"小玉,我可以坐你旁边吗?"

来人正是市场部的程少磊,公司里最年轻,也是业绩最好的经理。他温和地笑着,温柔地看着章小玉。

章小玉头都没抬:"旁边没人。"

程少磊便坐了下来。

小颂"哎呀"了一声:"程经理!"她的八卦之心熊熊燃烧,"你认识小玉姐啊!"

程少磊开起了玩笑:"当然,一起住了五年呢!"

这个答案很难不让人浮想联翩。

章小玉忙解释:"只是一起合租的,还有一个舍友呢!"

小颂的目光在章小玉跟程少磊之间打了一个来回,"嘿嘿"地笑了两声,果断端起餐盘站了起来:"我再去打点饭啊,不打扰你们啦!"

她人虽然走开了,耳朵却竖了起来,密切关注这边的情况。

章小玉十分无奈:"程少磊,拜托了。"

程少磊温和地笑着:"没事。小玉,你晚上有没有空?"

听上去,像是约人的前奏。章小玉想都没想:"没空。"

老板什么的,离普通员工太远,顶多就是偶像剧里的"男神",只适合远观。而程少磊家庭尚可,工作尚可,待人如沐春风,据说还没有女朋友,则是人人都有可能的适婚对象。在全公司单身女青年眼中,可是一块大肥肉!要是章小玉上去舔一口，可得被一票人生吞活剥了。

话说出口，章小玉就感到周围的温度陡然低了好几度。旁边好几位年轻女同事看她的眼神明显不善。

章小玉这才后知后觉，她是说错话了。应该是她死乞白赖地去约程少磊而不得，而不是对程少磊的疑似邀请一口回绝。

程少磊还是好脾气的样子："我是有工作上的事和你谈，团队里的人都在。"

意思是章小玉真心想多了。

章小玉讪讪地笑笑："那有空，有空！"程少磊马上就是她的顶头上司了，而且也要跟朝夕相处的同事们熟悉一下，她得端上笑脸，打起精神，认真对待。

这样才对。她一定是因为今天见到霍天泽大脑抽风了，居然以为程少磊对她有那么一点儿意思。这事搁在几年前还有那么点儿可能。但现在……跟公司其他美女相比，她已经是秋天的树叶，眼见着就要枯萎了。

周围人的眼光这才和善了一些，这样才符合常理嘛！

这世上，龙配凤，金童配玉女，才适合。

程少磊笑容很温和："等下我把资料发到你邮箱。你看完后，做个简单的 PPT 汇报下。"

这是在摸底。只给一个下午的准备时间，不限范围，很容易就看出章小玉的真实水平。

虽说章小玉是大老板加塞的，又跟他熟悉，人品不错，但作为一个团队的负责人,他还是希望章小玉作为他的下属至少在某个方面有能力。他会把她安排到合适的岗位上去,最大限度地发挥出来她的作用。毕竟,他的团队是来创造业绩的,而不是来养闲人的。要是章小玉实在不行……那他只能大公无私了。

一个下午的时间有点紧,但也差不多了。

章小玉心中燃起熊熊的斗志,一口答应下来:"好。"

程少磊这才有点满意。

章小玉这个样子,至少比他认识她的时候好很多。要是把几年前的章小玉丢给他,他想都不想就会拒绝。毕竟那时候的章小玉彻底放弃了自己,浑浑噩噩地过着。她对自己都没有一点儿信心,就别指望别人对她有信心。

这个社会,人是需要自立的。

他说:"那就五点半。"

章小玉答应得很快:"行!"

五点下班,程少磊留给章小玉吃晚饭的时间只有半个钟头,就是到负一楼的店铺里随便买了吃,时间都不够,估计只能泡面了。

程少磊像是看穿了她的心思,温和地笑着:"泡面吃多了不好。我们团队都是一起订快餐,会帮你订一份。是小贺负责,下午他会跟你联系。"

他吃饭的速度极快,和他做事的节奏一样。说话间就吃完了,他立即拿起餐巾纸擦了擦嘴,端起空餐盘起身:"先走了。"

章小玉前脚才"嗯"了一声,后脚小颂就蹭过来了。她笑嘻嘻地说道:"听小琳说,大老板一来就给程经理包了一个大红包。估计程经理再赚个一两年,就能买得起房了。"

南江的房价是出了名高。程少磊才过三十,能混到不靠家里自己买房,证明他真的很有能力。

章小玉说:"真厉害。我也得努力赚钱,赚出首付来!"

小颂笑起来很可爱,露出两个酒窝:"女人干吗那么辛苦,找一个有房的老公嫁了不就成了。"

章小玉不作声,拿筷子戳了戳饭粒。

曾经,她也这样想过。但现实让她摔了个狠狠的跟头。自己不够优秀,而在高处的对方还在不断进步,就别怪对方会与你渐行渐远。

这个道理,她也是这段时间才琢磨出来的。虽说明白得晚了几年,但她至少是明白过来了。

当然,跟二十岁出头的女孩子讲这些,还太早。她们还做着冒着粉红泡泡的梦,梦想有一天有一位风度翩翩的白马王子会凭空出现,来到自己的身边,把自己宠成天底下最幸福的公主。

干吗把所有的未来都押在不对等的爱情上呢?

小颂还在叽叽喳喳:"小玉姐,程经理是你的菜吗?不是，我可下手啦！嘿嘿，女追男隔层纱。"

坐在小颂另一边的是何兰兰，忍不住揶揄："小颂，就你，程经理会看得上？"她朝坐在不远处的黄琳悄悄地努努嘴，"正主在那边。师兄师妹，天生一对。"

黄琳听到了，抬起头，温柔地笑起来："兰兰，别乱说啦！"

章小玉这才明白过来，敢情黄琳针对她，就是把她当成了争夺程少磊的对手。黄琳真误会了。虽说她跟程少磊认识几年了，但关系不过是在合租过程中相处不错的熟人，连好朋友都谈不上。

与其耍心眼去争风吃醋，还不如多考几个证书。这年头，能靠得住的只有自己。

突然，周围的说话声音都消失了。

章小玉抬起头，只见西装革履的霍天泽冷着一张脸，在几名高管的簇拥下，不疾不徐地走进了食堂，一举一动都透着上位者的威严。

怪不得今天食堂菜好，原来是大老板要来视察。

章小玉顿时就觉得食不知味。她跟他就隔了十几步的距离，然而，就是这十几步，她永远也跨不过去。

从头到尾，他们两个，就是两个世界的人。

她一直在悄悄地打量霍天泽，而霍天泽的目光压根没有在她的身上多停顿一秒钟，仿佛在他眼里，她就跟这食堂里的桌子椅子没有什么区别,仅仅是背景而已。

突然,她的眼睛瞪得大大的。

方才没有留意,现在她才看到,霍天泽的无名指已经戴上了戒指!

那是婚戒!

怪不得,怪不得。

章小玉突然想找一个没人的地方大哭一场。对他而言,她不过是他五彩斑斓的世界里的背景,可有可无。

这一场等待,只有她一人在。

一曲青春的歌在很多年前就唱到了尾声,相携而行的路早已经走完,回首烟波,雾霭茫茫,心更茫茫。

好在,她还有工作。

章小玉理了理咖啡色的长风衣,低下头吃饭。她得赶紧吃完饭,程少磊的邮件大约已发到她的邮箱中了。

时间珍贵,她不会等在原地,再把光阴虚度。

大雨滂沱

南江，夏日的夜晚，大雨滂沱。

原本的喧闹逐渐静下来，只闻雨声。

一套江景别墅里灯火辉煌，正举办着订婚宴会，气氛热烈，不受大雨的一点儿干扰。

空调的冷气开得很足。

男士们西装革履，而身穿晚礼服的女士们觉得有些冷，但她们仍然保持着优雅的风度。

别墅的女主人黄太太端着笑脸，招呼着宾客。

今天是她儿子黄成钧的订婚宴。

和黄太太私交极好的林太太忍不住将她悄悄地拉到一边："你真愿意你家成钧娶夏如英？"

早有消息，夏氏集团被秦氏集团连连出手打压，现在已经破产，资不抵债。

董事长夏建华一跃而下,唯一的女儿夏如英现在已经是个穷光蛋了。

黄太太叹了一口气,说:"老夏的事,我也很难受。我们家老黄和他二十年的交情了,我就是看着如英那孩子长大的。夏太太还躺在医院里,这么多年了也没清醒过来,就算是当初我们两家没有说好这门婚事,我也会把如英接过来的。"

林太太秒懂:"是该好好照顾那孩子。"

别墅的后门,安保人员把一个长相清秀的少年放了进来。

黄成钧等得很不耐烦:"你怎么这时候才到?"

少年低着头,胆怯地瞄了他一眼,结结巴巴地说:"钧少,我不做了。我上网查过了,那是犯法的。"

他颤颤巍巍地将银行卡双手递上。

黄成钧很嚣张地夺过卡,然后把卡丢到少年的脸上:"你就不怕得罪我?"

少年摇了摇头:"我不做了。"

黄成钧拉下脸:"废物!"

他一挥手,两个安保人员冲了上来,把少年丢了出去。

三楼的客房里,夏如英脱掉了白色的礼服,换上了一件俏皮的粉红色小礼服。

她坐在梳妆台的镜子前,摘下了耳环,然后上跟小礼服配套的饰品。

这时，有人敲了里间卧室的门，然后直接推门进来了。

以前在家，要是有人这么不礼貌，夏如英早就出口训斥了。

可寄人篱下，她并不好说什么。

一位年轻的女子推着小推车走过来："夏小姐，请问您想喝点什么？"

小推车上是琳琅满目的饮品。

夏如英认人的本领是不错的，觉得女子很面生："你是？"

女子微笑着："今天客人很多，我是暂时过来帮忙的小陈。夏小姐，已经为您准备了吸管。您要不喝点您喜欢的荔枝汁吧，之前您好像没有喝多少水。等下宴会您可能也喝不了东西了。"

这么一说，夏如英真觉得渴了，点点头："好啊！"

小陈将早就准备好的荔枝汁递了过去："钧少在他房间等你。"

怕等下宴会的时间太长，不好多次去洗手间，夏如英端起杯只是用吸管喝了一口："他不能过来说吗？"黄成钧的房间就在三楼，离她房间很近的，绕过一个弯曲的回廊就能走到。

小陈笑道："今天是钧少和您的好日子。也许钧少想给您一个惊喜吧！"她的目光很温柔，貌似很衷心地赞美道，"夏小姐，您今晚真漂亮！"

夏如英平时素颜就漂亮，今天化了妆，的确是光彩照人。

她的脸微微一红："好啊，那我一会儿就过去。"

自己家里出了事，黄成钧的态度还依旧，也许是真的喜欢她吧。

小陈看夏如英端着杯子像是要喝的样子，就笑着欠了欠身，然后推着小推车离开了房间。

她出门后，朝拐角处站着的一个年轻男人打了个手势。

二十分钟后，一个猥琐的中年男人手里捏着半瓶酒，摇摇晃晃地从后门拐进了别墅。

这里是高档江景别墅区，物业居然没有拦住这个明显的不速之客。

一直有保安值守的后门此刻也没有人看守。

通往三楼夏如英房间最近的那条楼梯，平时总在的家政人员也不在，竟然让这个男人准确无误地走上了三楼，他正要推开夏如英房间的门。

此时，悄无声息地出现了一个年轻保镖，反手就是一劈，中年男子软绵绵地倒在了地上。

房门从里面打开。

夏如英一颗心不断往下沉。

这手段未免太不入流了。

一个风流倜傥的英俊男人正站在外间会客室的沙发边。

他三十岁上下，穿着西装，打着领带，气场很足。

他抬起脸，似笑非笑："夏小姐。"

保镖将男人扛进了房间里的洗手间。

冷静了下来，夏如英问："为什么要救我？"虽然果汁喝得很少，但药效开始发作了。

夏如英觉得有些眩晕，站不稳，身体左右晃动着。

站在她面前的，应该就是让夏氏集团破产，逼死她爸爸的秦氏集团的掌门人——秦铮。

秦铮眯了眯眼，走了过去，一手揽住她，漫不经心地笑着说："你很漂亮。"

夏如英怒目相对："你——"

她拼命地想挣扎，可身子发软，手脚动来动去，倒像是在秦铮身上蹭。

秦铮圈着夏如英的手更紧了些："别动！"

夏如英面色泛红，一阵眩晕，挣扎的动作越来越慢，不过一小会儿就软软地靠在秦铮的怀里。

这时，保镖悄悄进来，小声说道："秦总，他们来了。"

秦铮微微点头，保镖又消失了。

秦铮将夏如英打横抱起，径直走进里间。

几分钟后，黄太太和黄成钧领着一群女宾客，涌到了夏如英的房间门口。

门是虚掩着的。

黄太太领人推门而入。

里头卧室的门倒是关着。

黄太太笑容满面:"如英一定是害羞了。"

她对穿着白色西装、手捧花束的黄成钧说:"还不快进去请如英出来,妈妈还有你这么多阿姨都等着见证你的幸福呢!"

黄成钧低着头,脸上荡漾着甜蜜,羞涩而满怀憧憬地笑着,将一个恋爱中的大男孩演得惟妙惟肖。

林太太很配合地笑笑:"成钧,快去啊!"

她上前两步推了一把门,门慢慢地开了。

林太太一脚踏进房间,脸上的笑容冻住了,尖叫起来,可下一秒钟,她的尖叫就戛然而止,脸上的表情很古怪,将那只踏进房间的脚收了回来。

黄太太心生疑窦,但时间不允许她思考太多,快步冲了进去。

黄成钧紧随其后。

在场的都是人精,原本就猜到黄太太的算盘,也想给黄家面子,做个顺水人情,见一向跟黄太太要好的林太太都不掺和了,便都止住了脚步。

有几个眼尖的已经认出来里面的男子是秦铮,更是往后缩。

原本热闹的屋子瞬间安静了。

房间内，黄太太的声音传了出来："秦总，怎么是您？"

秦铮的声音透着几分慵懒："黄太太以为是谁？"

很明显，没人想蹚浑水。

外头的众人互相交换了眼色。

林家需要仰仗黄家的地方太多。林太太心里再不满，也只能出面打圆场："你看我们这些人就喜欢热闹喜庆。要不把时间留给年轻人吧！"

众人纷纷说好，如潮水一般快速离去了。

秦铮的衬衫扣子都解开了，靠在枕头上，勾着一抹意味不明的笑："有人说这是替我安排的休息室。"

黄太太解释："秦总，这绝对是陷害我们黄家，真没有这样的安排。"

其实，黄家和夏家的联姻只是两家的默契，并未正式对外公开，不想让黄成钧娶夏如英，黄太太只要不再提起这茬，料想夏如英一个女孩子也不敢说什么。

偏偏在夏家如日中天的时候，黄太太在夏太太面前低三下四了好几年，心里憋着一口气，所以想借机彻底羞辱一下夏太太唯一的女儿夏如英。

明明都计划得万无一失，却不想把秦铮牵扯了进来。

黄家绝对没有胆子惹秦铮。

黄成钧得硬着头皮把纯情少年的人设继续演下去:"秦总,你怎么可以这样?如英,如英,她——"黄成钧的身体都在颤抖,手一松,花束掉到了地上。

秦铮慢条斯理地扣着衬衫扣子:"夏家的女儿?"他勾着一抹轻笑,"有意思。人,我就领走了!"

黄太太一脸为难:"秦总,这——不太好吧!"

秦铮笑了笑:"我的人当然跟我走。"

他拍了拍手,保镖扛着猥琐男子走了进来,重重地往地上一扔。接着,保镖播放了一段录音,里头传来黄成钧阴沉的声音:"你上去把三楼房间里的那个女的给办了。事成之后,给你一万块,然后让你顺利脱身。"

黄太太和黄成钧的脸色都变了。黄太太先镇静下来:"秦总,您听我解释,这一定是有人陷害。"

秦铮摆摆手:"黄太太,我应该会比你更能好好地照顾她。"他重重地说了"好好"两个字,笑得意味深长。

黄太太反倒松了一口气,满脸堆笑:"秦总,那就不打扰你们了!稍后,我会让人把这里清扫一下。"

说着,黄太太扯着黄成钧离开了房间。

一分钟后,黄家的安保人员就扛走了那个中年男子。

保镖又回避了。

秦铮笑了:"夏小姐,你现在可以醒了。"

见夏如英不动，秦铮说："那杯荔枝汁你没喝多少，应该很快就能清醒过来。"

夏如英头还有些昏，扶着枕头坐起来："为什么？"

秦铮慢慢地将放在床头柜上的腕表戴起来："给你十五分钟收拾东西。"

夏如英没有动："为什么？"

秦铮笑了："还剩十四分钟。"

到了这个地步，夏如英反倒冷静下来："我就算离开了黄家，也可以一个人住。"

虽然爸爸已破产，但还是给她和妈妈留下了一套小小的房子。

妈妈的医药费，爸爸早几年打了很多到账上，足够用的。

多年的压岁钱都是存在夏如英的名下，她虽然花得多，但还剩下二十几万，足以支撑一阵子。

现在南江房价高，真要过不下去，她可以把房子给卖了，也可以维持一阵子。

那时候，她肯定也工作了。

只要有工作，她就能养活自己。

这时，秦铮才用正眼瞧了瞧夏如英。

据他收集的资料，这么多年，夏建华并没有培养女儿的经商头脑，反倒是花大力气让女儿吃喝玩乐，夏如英自己也不争气，除了会玩，其余啥都拿不出手。

可此时，夏如英看起来不像是那么纯粹的"傻白甜"千金大小姐。

夏如英说："秦总，我不觉得现在的我还有什么可以让你觊觎的地方。"她舔了舔嘴唇，"还请秦总直接说明目的吧！"

事先，秦铮已经派人检查过这个房间，没有窃听的设备。

他不兜圈子："去年，夏氏集团资产市值三百个亿。都说是我下的手，导致夏总破产自杀，可实际上，我并没有出狠招。太不寻常了。实际上，夏总这一死，欠我的两百个亿，我就收回不了多少了。"

夏如英有些蒙。

秦铮说道："我那有详细的资料，你可以慢慢看。"

外头雨噼里啪啦地响，迈巴赫里却听不见多少雨声，很是安静。

有肖邦的钢琴曲倾泻而出。

秦铮靠在椅背上，闭目养神："小夏，你母亲最近怎么样了？"

夏太太的事不是秘密。夏如英微微抬起下巴："秦总应该都知道吧。"

秦铮不置可否："说细节吧。"

夏如英说："我十四岁的时候，妈妈突然出了车祸，抢救了很久，最后还是成了植物人，躺在医院里。费用是不用担心的，爸爸早就打了很多。每个月都会有一天，安排我过去探视。每次探视的时间都不长，大概半小时。"

她很小时候，妈妈也在公司里，管的是财务，每天工作很忙，还经常出差。爸爸更是忙得见不着人影。照顾她的人是奶奶。奶奶在她十二岁的时候就去世了，家里陪她的只有保姆。

父母对于她来说，更像是一个抽象的符号。

秦铮问："夏总跟你一道去吗？"

夏如英想了想："偶尔。"

秦铮微微睁开眼："这就奇怪了。"

夏如英脸色有些不好看。她周围朋友的爸爸都是家外有家，即便是妈妈在医院里，她也没察觉爸爸有别的女人。

秦铮摸了摸下巴："你爸爸的风评很好，似乎很爱旅游。"

夏如英点头："是的，他很喜欢摄影。自从妈妈出事后，他一年有大半年都在国外。"

秦铮问："你那儿有他拍的照片吗？"

夏如英想了想："我没有存图的习惯，手机里只有三张，还都是风景照。"这是爸爸留给她最后的照片了。三天后，她的爸爸毫无征兆地从国外回来，跳楼身亡。

秦铮说："方便看一下吗？"

夏如英将手机递了过去："没什么好看的。"

她反复地看了很多遍，照片就是纯粹的风景照，一张是修剪整齐的大草坪，一张是夕阳下的古城堡，还有一张是贴着水拍的,两边是山,水面倒映着山,像极了童话里的世界。

秦铮认出来最后一张:"是挪威的吕瑟峡湾。"

图片被压缩了,清晰度不是很高。

秦铮将图片不断地放大,仔细地浏览照片里的每个地方。

在照片的一角,勉勉强强能看到水里有一双手的倒影,这双手横拿着手机。

应该是拍摄者将手伸出了轮船外,用手机去拍风景,而这双手一看就不大,像是女人的手。另外两张照片放大了看不出别的。

秦铮又想了想:"小夏,你多高?你爸爸多高?"

夏如英答道:"我一米六四。我爸爸大概有一米八以上吧。具体多少,我也不太清楚,但肯定不到一米八五。秦总,你问这个干吗?"

秦铮指了指照片里的手:"吕瑟峡湾这张不是你爸爸拍的。拍摄者应该是跟你差不多高的女人。这手机是你爸爸的吧?"

夏如英辨认了一会儿:"我不知道。我爸爸手机号码有好几个,手机换得很勤。平时我没有留心。"

她顿了顿:"不是爸爸拍的也不奇怪。有时候,他会发别人拍的好照片给我看。"

秦铮说:"所有在你手机上存储过阅览过的资料,即便是删除也能找回。"

"爸爸去世后，上门讨债的人很多。有人砸坏了我的手机，还把里面的卡都剪破了。号码是新办的，微信里的照片是我存在空间相册里才保存下来的。"她停顿了一下，"家里能砸的都被砸掉了，包括笔记本电脑、照相机这些。不仅砸了，他们还把碎片全都打包带走了。家里除了一个空壳，什么都没有了。"

秦铮问："你爸爸的公司呢？"

"债主们来闹事，什么都砸了，值钱的东西也给搬了。员工，我一个都不认识。"夏如英转过脸，看着秦铮，"我以前以为那些人是你派来的。现在看，应该不是。"

秦铮脸色阴沉。

可惜夏建华的遗体很快被火化，家里公司也被破坏，没办法去验DNA了。

他拨了一通电话："帮我订两张最近的机票，飞挪威。"他挂了电话，"你应该可以随时出国吧。"

夏如英说："护照没到期，现在还可以。为什么去挪威？"

秦铮摊手："为了我那两百个亿！"

挪威的吕瑟峡湾风景很美。

没有风，水面就像巨大的镜子镶嵌在两边的山之间。

轮船被秦铮包了下来，没有其他游客。

夏如英裹着披风依着栏杆而立，木木地看着没有波纹的水。

秦铮走了出来。

他穿着休闲的长袖衬衫,戴着墨镜,一副度假的模样,神色很轻松,笑着说:"等下,我们在船上吃午餐。"

"秦总太客气了。"

弄清楚缘由,夏如英反倒落落大方起来。

反正了结此事后,她跟秦铮就是两个世界的人了。

阳伞下的圆桌上摆着西餐,都是挪威特色美食。

驯鹿肉、三文鱼、羊奶酪……摆了大半桌。当中的一道甜品 Multekrem,是用黄莓、鲜奶油混合制成,夏如英挺喜欢的,吃了不少。

秦铮说:"大草坪和古城堡在斯洛伐克。经现场测试,拍摄者应该是个一米六左右的人。"他停顿了一下,"你看看这个。"他把手机递了过来。

是一张街景图,拍摄于半年前,在法国的一个庄园里,一对男女抱在一起,旁边还有一个四五岁的小男孩。

夏如英脸色顿时惨白:"这不可能!"

虽然人脸都被模糊化处理了,但夏如英还是一眼认出来那男人就是她的爸爸!

秦铮说:"门牌号很清晰。这套房子登记在一个叫向宛的女人名下。向宛呢,家境贫寒,十二年前进入了夏氏集团,一年后就辞职去了法国。她一直没有工作,但过着优渥的生活,已婚,有一个五岁儿子叫夏明轩,丈夫叫夏杰克。"

信息化时代,只要有突破口,几乎能查到所有的信息。

夏如英突然觉得好冷,下意识地抱住肩膀。

秦铮的每一个字就像是一把锋利的飞刀,扎在了她的心上。

她很想哭。

证据摆在面前,不由得她不信。

可这实在让人难以接受。

夏如英一直觉得自己是爸爸疼爱的独生女,一直觉得爸爸和妈妈感情很好,可现在她才发觉自己是一个笑话。

夏如英觉得她的世界在崩塌,嘴角往上微微一挑,浮着浅浅的笑,说:"我爸爸还真会为他们考虑。"

秦铮没有否认:"确实。小夏,你们的家事,我不插手。但欠债就要还钱!"

夏如英思考了几秒,淡淡地笑着说:"和我又有什么关系呢?"

是啊,和她又有什么关系呢?

她现在是小人物了,渺小如尘埃,无力反抗什么。

她再难受,也只能这样了。

秦铮循循善诱:"小夏,你就没有想过,你妈妈的车祸未必是意外呢?"

夏如英的脸唰地一下就白了。

吹了半小时的海风，她找到了秦铮，说："我想弄明白是怎么回事。"

秦铮问："你怎么弄明白？"

夏如英咬着嘴唇。

时间过去那么久了，证据早已经湮没。

虽然她也怀疑，但是这种事，怀疑一点儿用都没有。

况且，她心存侥幸，也许就是秦铮想多了。

秦铮一眼看穿了她的心思，漫不经心地笑了笑，说："还没接受？"

夏如英没有否认，点点头，说："我仔细想了一遍，实在是没发现一点儿异样。"

这些年来的一幕幕，在她脑中一一浮现。

记忆中的爸爸虽然和她不算十分亲近，但尽心尽力，给她大笔的零花钱，让她一直过着优渥的生活，从未亏待过她。

只是，她现在几乎是一无所有，秦铮没必要骗她。

但这样的真相一旦剖开，实在是太残忍了。

秦铮说："夏总做事喜欢留一手。"

男人越老越精。

秦铮与夏建华打过多次交道，深知他就是一只老狐狸。

夏如英说："他从不和我谈工作。"

秦铮也不指望能从夏如英这里获得夏建华多少有用的

信息。

他把人找来，有别的用处。现在在法律上，夏建华已经"去世"。想要提起债权诉讼，首先得证明夏建华和国外那个人是同一个人。

最简单的办法，莫过于夏如英出面，拿着亲子鉴定报告去替她母亲讨"公道"。

官司打的是证据。

再多的猜测都没有用。

没有有力的证据，秦铮拿人毫无办法。

秦铮上下打量着夏如英。

他看出来夏如英并不想去深究，觉得还是得再添加一把火。

秦铮说："我只能护你一时，可没有那个精力管你一世。离开我身边，你遇到点儿什么，我可不管。"

夏如英咬着嘴唇。

作为妈妈的女儿，她很想知道真相。

但是，有这样的机会放在她面前，她真的不想触碰。

她是爸爸所有计划的疏漏，只要她在，爸爸的计划就可能被戳破。

爸爸也没有这么狠，要不然他早就对自己下手了。

她对爸爸是毫无防备的，明明爸爸有无数次处理她的机会，最终她不还是平平安安的吗？

现在，她所要的不过就是她和妈妈相依为命，平安活着。

她没有必要再对一些事情刨根究底。

即便是赢了又能怎么样呢？

撕开了血淋淋的伤口，那是深可见骨的真相。

对秦铮来说是钱的事情，对她来说却是自家骨肉相残的悲剧。

与其这样，她还不如生活在虚幻的满足里。这样她还能安慰自己，家庭是和谐的，所有的一切都是好的。实际上，只要不揭穿真相，她也是能心安理得活下去的。只是她要承受落差而已，而她的生活已经比大多数的人要好了。大富大贵是没有了，但温饱总是不用犯愁的。

她说："就这样吧。"

与其不断地解谜，还不如把精力花在日后的生活上。

只考虑钱的话，即便她出头，费尽周折找回了钱，还是要偿还给秦铮。她自己又得不到什么。

他们并不是站在同一条战线上。

这样费力不讨好，又要给自己心口捅刀子的事情，她为什么一定要去做？

秦铮笑了笑："你出面，我和你平分两百个亿。"

夏如英说："我凭什么信你？"

空口无凭。事成之后，若秦铮矢口否认，夏如英是一点儿办法都没有的。

秦铮说:"南江的房子还在涨,你存折上还有一些钱。如果债主们去申请执行的话,只要保证你和你妈妈饿不死且有地方住,也是可以的。"

夏如英神色里有了几分惶恐。

她自己无所谓,但是妈妈怎么办?

秦铮说:"我可以出具合同,你不相信我的话,应该相信我签署的合同吧。"

夏如英改了口,说:"夏氏集团众多债主里面,最大的应该是你吧。"

秦铮没有否认:"律师团队我都请好了。这一阵子还请你留在此地,有相关工作需要你的参与。"

夏如英醒悟过来:"如果我不同意,秦总还有别的办法,一定会让我同意的。"

秦铮唇角勾着一抹笑:"不到万不得已,我一向对女孩子都很客气的。"

夏如英心里生气,脸上却含笑,说:"看样子,我就是不同意也不行了。"

找到她的时候,秦铮肯定已经有了不同预案,应付可能发生的各种情况。

就算是她不同意,秦铮应该也会有办法逼着她同意,然后把事情推进下去。

秦铮举起了红酒杯,轻轻地晃了晃,笑容深了一些,说:

"祝我们合作愉快。"

夏如英看了一眼天空。

明明天色正好,她却觉得自己的人生正在下一场滂沱的大雨。

日常

我醒了过来。

面前是一台电脑,屏幕里面,文档打开着。

现实中,我是一个网文作者,一天到晚写着没人看的小说。

大学没毕业,我就开始写网络小说,一口气写了十几年,写了十几本,除了开头的两本还冒了水泡泡外,其余的小说都没有人看了。

好在有保底的一部分,我写着每千字十块的那种小说,勉勉强强度日。

唯一庆幸的是,我写得够快,一天能写个两三万字,所以这样算下来,一天两三百不成问题。

一个月都在工作的话,我的月收入在六千到一万块之间。

要是我每个月都这样写的话,也还是很好的。

问题是前一阵子，我被家里逼着去考编，耽误了写稿，这个月便没有了收入。

我租的房子虽然破旧，但是在南江的市中心。一个月房租也得四千块，再加上乱七八糟的花费，这些年，我基本上也没存下来什么钱。

在小说里，我没吃过什么生活上的苦头。现实呢，我得认认真真干活，但挣不到什么钱，还要吃泡面。

我这个德行，在南江这样飘着，也难怪家里人逼着我去考这考那，想让我早日混上稳定的饭碗。

我看了一下我的社交账号。

妈妈又给我发来大段大段的语音："宝贝啊，你再考虑考虑，要不要回来工作。我们这里有的企业也招人。妈妈没别的想法，就希望你回来算了。在这里有个工作就行。那些公务员啊，事业编啊，老师啊，你不考没关系的，回来吧！家里总有饭吃。"

我叹了口气。

今天真得赶稿子了。

要是再不写稿子，我真得挨饿。

我说："妈，我先去忙一会儿。稍晚再回复哈。"

然后我打开了软件，去看我同时写的三本小说。

我粗粗地看了一下网站后台的数据，都不怎么样。

那种能挣几千万的网络大神是凤毛麟角，大部分作者都是挣扎在温饱线上。

比如我现在挣的,也就是勉强够我在南江不会饿死。

我要不要回去呢?

如果回家的话,我是住在家里,可以省下一大笔房租,还有一大笔伙食费。

我现在挣的在小城市生活肯定是够用了。

不过,估计我天天蹲在家里,爸爸妈妈受不了。

我看了看电脑屏幕右下角的日历,2021 年 4 月 28 日。

现在快中午了。

宅在出租屋里一个上午了,我想出去走走。随便转转,我走进了一家快餐店。

这是一家连锁快餐店,十块钱就能吃饱。

我点了一份狮子头,吃得特别高兴。

虽然这里的东西不算特别好,狮子头吃到嘴里是面粉多肉少,但能让人填饱肚子。

吃得饱饱后,我决定再走一走。

看着眼前的人来人往,我有一点儿想家。

南江那么大,人有那么多,却没有可供我安身的地方。

马路很宽,车水马龙。

我站着看了一会儿,然后去了一趟超市,在超市里买了一点食材,还有一些水果。这样随随便便逛了一下子,我卡上的余额就只剩下一千五百元了。

买好了这些，我又去其他店里买了一些零零碎碎的东西。

在南江，有钱会过得很好。

但没有钱，就是寸步难行了。

还是我自己写的小说世界好，温暖、和谐。

但我不能总活在幻想之中，必须要出来面对现实，操心柴米油盐。

逛了一会儿，我回到自己破旧的出租屋里。

这是一个很老旧的小区，但地段好，靠近地铁、超市、医院，周边有很多吃饭的地方，不用走远就能满足生活需要。

我这样的懒人，是懒得跑到很远的地方的。这些年，我在南江的活动半径也就是以这个小区为中心的附近不远处。

我甚至都没有去过几次黄埔江边，哪怕我坐地铁再步行半个小时就能到那里。

今天晚上我干脆坐地铁过去看看吧。

江边的夜景很漂亮。

我看着对岸的高楼林立，霓虹闪烁。

这个城市那么繁华，我却那么普通，我留在这里干什么呢？

是啊，回到小城生活，肯定安逸很多，但是大都市有无限的可能啊。

可惜奋斗了这些年，我挣的钱也就是那样吧。

平凡是大多数人的宿命，我终于承认我就是一个普通人，最多是比别人勤奋一些。

爸爸妈妈，我知道的，我在外面的时候他们是想我的。但是我真回去了，外面的目光议论便会成为他们的压力，他们未必会一直保持好脾气。

是啊，我都三十多岁了还不结婚，就这一条说出去也会让爸爸妈妈没面子。

故乡似乎变成了回不去的地方。

而且这么多年过去，我已经适应了南江的生活。

我在南江交了很多年的社保，可以享受居民应该享有的待遇。我在这里再熬个几十年就可以领退休工资，比在老家的高。

而且这里的医疗条件也很好，我租的地方离南江最好的医院很近。

我看了半天黄浦江的江水，然后掏出了手机开始码字。现在手机支持语音输入，一部手机，让我在哪里都可以写稿子。

今天的灵感特别好，文思泉涌，写作特别顺畅。

在江边吹了很久的风，我站了起来。

回去的时候，已经是最后一班地铁。空荡荡的车厢没有什么人在。

我手里拎着一大堆东西，坐了下来。

地铁上正在播放电影预告片。

路过一站，上车的人有两三个，他们随便在我对面坐下来。

这是很寻常的一天。

很快我就到站了，刷了交通卡出了站台，习惯性地掏出手机看了一下时间，现在已经快半夜十二点了。

我租的房子也就二十来平方米大。麻雀虽小，五脏俱全。

家里的锅碗瓢盆都是齐的。我先烧了一大壶水，然后洗了几片青菜叶子，下了一碗面条吃。

我的厨艺不咋样，但吃饱是没有问题的。

我煎了一个鸡蛋饼，很满足地吃着，继续写稿。

我欢欢喜喜地说："又是元气满满的一天呀。"

全职网络写手的生活就是这么平淡无奇，坐在电脑前码字而已。

等攒够了稿子，存上一大笔钱，我要休一个长长的假，背上双肩包，带上两件换洗的衣服，一个人去溜达一圈。

想想看，这样的日子还是比较好的。

今天在这个城市，明天在那个城市，一切都行。

我忙了一夜，天又亮了。

租的是顶楼，我拉开了窗帘，阳光照进了家里，照在我的身上，暖意融融。

正值早上上班的时候，小区里人声鼎沸。

挺好的。

人总是要再努力一把，才知道梦想究竟距自己有多近。

目送

我是文云渚,接受了责任编辑阿九的建议,准备写医患题材的小说。

阿九帮我联系的医院就在网站公司总部的附近。

那是一家三甲综合性医院,叫安仁医院。

地面交通很堵,好在安仁医院就在地铁口附近,坐地铁可以直达。

初夏,阳光灿烂,天空湛蓝,我揣着网站开具的说明函,敲开了医院后勤中心的门,开启了我的医院蹲点生活。

安仁医院的住院部十分气派。

抬头去看,层层高楼的玻璃窗反射着太阳光,像极了被冲上岸半埋在土里的鱼密密麻麻的鳞片。

我挂着刚领来的临时工作证,走进了电梯。

电梯上行,每层都有人陆续进来和出去。每往上一层,心就莫名觉得压抑一分。

我去的是十八楼,肿瘤科。

十点多,医生们都扑在电脑前,手指翻飞敲击键盘,我很自觉地在办公室的角落里找个凳子坐下,离我最近的一个医生抬起脸,温和地问道:"什么事?"

这是一位很年轻的男医生,二十出头的样子,戴着眼镜。他的余光瞥过,注意到我的临时工作证,笑起来,说:"哦,你就是那个作者吧!"

我说:"是,写手文云渚。"

一屋子医生有一半抬起头往这边看。一个四十来岁的男医生吩咐道:"小沈,就你来招呼她吧!"

被点名的,正是我面前这位医生,他眉头微微皱了一下,转脸又堆起笑,说:"你好,你好,我们刚接到电话了。听说你来体验生活,我们很欢迎。我叫沈丛。"

沈丛的电脑屏幕上,出院小结打了一半。

我说:"沈医生,你先忙吧,我先去病房里转转。"

肿瘤病房的气氛很沉郁,来往人不少,每一个都半低着头,步履轻若无声,偶尔会有呻吟声和哭泣声。兴许是空调的冷气太足,置身其中,就像突然走进了萧瑟的秋天,眼见着叶子枯黄快要落下。

离我最近的病房里有三张床，最里面有一个老太太平躺着，一个中年女子在她床边的躺椅上睡着了。中间的床空着。靠门口有个老爷爷靠床头坐着，他身上有很多管子，但醒着，眼神有光彩，一直往门口张望，看着我探进头来，艰难地咧开嘴，露出残缺的黄牙，说："小姑娘。"

他说话的声音有气无力，拉风箱一样呼呼地响着。

一瞬间，我有逃离的想法。

但我不能离开，观察他们是我的工作。

我硬着头皮走进去，挤出笑，说："爷爷好，我是新来的志愿者小文，专门陪你们聊天的。"

老爷爷很高兴，颤颤巍巍地举起手，指了指旁边的凳子，说："坐！"他大口大口喘着气，咧嘴笑着，"我儿子……儿子马上要回来了。"

有人走进来，我侧脸一看，是一个四十多岁的男子。他说："老爷子，你别说话，得静养！"

老爷爷却执拗地说："趁着……趁着还能说，说……"他每说一个字，都似乎要使出全身的劲儿，他往外看，"我儿子……怎么，还没来！"

男子搓了搓手，说："老爷子，我刚去打电话了。你儿子说他手头上正好还有急事儿，这几天赶不过来。要不，我再打电话去问问？"

老爷爷的眼神迅速黯淡下来，说："别，他忙啊……"说完，他靠着床头，闭上了眼睛，身体往旁边滑。

仪器发出尖锐的报警声，我看见老爷爷血压的数值直往下掉。

几秒钟后，沈丛和另外一个医生奔了进来。我赶紧走出去。在走廊上徘徊了一会儿，我看见沈丛走了出来，赶紧跟上去。沈丛没有回医生办公室，而是走到楼梯口的窗子边。我走到他身后，顺着他的目光看去，正好能看见车水马龙的大马路。

他轻轻地说："胰腺癌晚期，可能就今天了。"

安仁医院的病床周转很快。老爷爷走了后，不到二十分钟，就住进来新的病人——一个小女孩，不过十六七岁的模样。

她进来后，一言不发地躺着流眼泪。她妈妈一直守在她的病床边，牵着她的手哭成了泪人。

跟小女孩一天住进来的，还有一位五十多岁的阿姨。她精神很好，一直在开导小女孩的妈妈，说："到了这里就听医生的，好好养病！你家小囡还小，日子长呢！侬做妈妈的要坚强。侬看看我，都好几年了，还好好的！"

秦阿姨是住在最里面那张床的老太太的女儿，她出去吃饭，托我照看一会儿。我坐在老太太病床边的凳子上，问：

"阿姨，您得的是什么呀？"

老太太笑着说："肺癌，六年前切了四分之一的肺，今年复发了。"她想了想，"平时就是胸闷点，咳嗽。其他没什么，你看我吃饭啊，睡觉啊，都正常的。上个月，我女儿结婚，我和孩子爸还去了北京。我女儿给我找的女婿好，亲家人也好。我们一起爬了长城。长城是挺壮观的，就是人太多了。暑假嘛！都是爸爸妈妈带小孩去，我爬了一半就不爬了。拍了照片在相机里，还没洗出来。"

医学我不大懂，但看她面色潮红，又那么乐观，想来没有什么大碍。

她自己端起杯子，喝了口水，咳嗽了几声，说："就是咳。"她笑着说，"其他没什么。得了病就治呗，现在医学那么发达。小姑娘，这个人是侬什么人呀？什么毛病？"

我说："我是志愿者小文。这位阿姨得的是胃癌。"

这位阿姨是胃癌晚期，住进来几天了。沈丛只留下了升压的静滴，把其余的药物都撤掉了。

一个五十多岁的大叔一手拎着保温桶，一手拎着一袋水果，走了进来。他把病床摇起来，扶着那位阿姨坐好，然后很自然地打开保温桶，拿起小勺子喂她，笑着说："我炖了鸡蛋糕。"

阿姨吃了一口，说："很好吃。"她咳嗽了几声，然后硬拿过勺子，"我自己来吧。你上班累啊，休息会儿。"她每吃几口，就咳嗽几声。

那位大叔一直给她轻轻地拍背，温柔地笑着说："不急，不急，我们慢慢吃。"

这时，秦阿姨回来了。我去吃饭，路过医生办公室，发现有四个医生还在忙，沈丛就在其中。我问："沈医生，你还没下班啊？"

沈丛说："哦，在写病程。你今晚在这吗？"

我说："医院替我在你们医生宿舍那儿安排了一个床铺。你住那儿吧？几点下班，要不一起吧，我还不知怎么走呢。"

沈丛说："好，你要等我一下，我估计要忙到九点。"

医院灯火通明。这样白晃晃的亮，让我感到一种无法言说的冷寂。我在走廊里来回走了很多遍，看病房的门开门关，人进人出。

在楼梯口，我听到了男人压低的哭声。

哭声，在肿瘤病房实在太容易听到了。有人放声大哭，有人掩面啜泣，有人哭得昏厥，也有人哭得毫无声息。

我放轻脚步走过去，看见大叔靠着墙瘫坐在地上，手里捏着一张 CT 片，满脸泪水。他缓缓地将 CT 片举起来，手不住地颤抖，好像那张薄薄的片子有万斤重。他对着灯光，仔仔细细去看，边看边不住地摇头，泪水不断地从他的眼眶里流出来。

我很诧异，问："大叔，你怎么了？阿姨，她——不是应该还好吗？"

大叔这才注意到我，扶着墙慢慢地站起来，说："小细胞肺癌复发，全身转移。"他摇了摇头，"CT 片一看就知道，一塌糊涂了。"

我问："你也是医生？"

大叔点点头，轻轻地闭了闭眼，说："胸外科的。替人治了一辈子肺癌，做了一辈子的手术，却救不了自己爱人的命。我爱人是护士。她心里有数，怕我担心，怕我难过，一直在笑。癌痛很痛的，她忍着，什么都不说。她不说，我也知道，给她擦洗的时候，全身淋巴结都突出来了……"

我一时不知道说什么好，默默地递过去一张纸巾。

死亡是人的宿命。面对终局，人们总会有无数种情绪在翻滚，在看似一成不变的日复一日里，拼命挣扎着，即便如一尾鱼掀不起多少涟漪，也要在大海里肆意地摆动一遭。

进出医院两回后，那位爱笑爱劝人的阿姨还是走了。那一天，沈丛管的病房里一共走了四位，他用红笔写了四份出院小结。

当晚，他坐在医生宿舍楼下的花坛边。

秋夜微风阵阵，凉意袭人。花坛里的黄色菊花在轻轻摆动，沈丛的头发在风里也微微动着。

沈丛的声音嘶哑："医生治病不救命。我尽力了。"

在肿瘤病房蹲点了四个多月，我目睹了一次又一次生命的退场。

我抬头往上看，头顶星空璀璨，一如曾经。

整个冬天，我都没有去安仁医院。头两周，沈丛打电话问过我两回。我推说赶稿，之后就再没接到沈丛的电话。

寻常时光，都是忙忙碌碌的。新写的小说大卖，阿九满意，我也赚了一笔，医患小说就变成可写可不写的题材了。

很快，农历新年将至。街上的大小商铺都张灯结彩，人流如织，热热闹闹地欢庆佳节。我也夹杂其中，试穿新衣，挑选年货，然后在咖啡馆喝一杯香浓的卡布奇诺。那段在医院蹲点的日子，几乎被我忘在了脑后。

随意地走进一家格子铺，看见医生形象的手办玩偶，我突然想起了沈丛。我看看时间，正好是晚上八点多。这个点，只要不是夜班，沈丛应该忙得差不多了。我拨打了沈丛的电话，然而电话关机。我有些奇怪，沈丛是住院总医师，他的手机是二十四小时开机的。

也许，他休假了吧。

等元宵过后，我又打了几个电话，发现沈丛总是关机，就更觉得奇怪了。就算沈丛不当院总了，也不能一直关机吧。

初春，阳光温暖的白天，我再一次来到了安仁医院的肿瘤病房。

那里跟我离开时几乎是一模一样。十点多，医生们查好房，正在办公室里对着电脑飞快地敲击键盘。我准确地找到沈丛的位置，走过去，轻轻地笑着说："沈医生，好久不见了。"

转过头的是另一个年轻的男医生，跟沈丛差不多大的样子。他温和地问："你有什么事吗？"

原先指派沈丛招呼我的常主任正翻看着病历。

他抬起头往这边看，认出了我，说："小文，你来了。"

我打了个招呼，然后说："我来找沈医生的。"

常主任愣了一秒，神色迅速黯淡下来，轻轻地说："他病了。"

我一时没反应过来，随口说："他还好吧？"我注意到他的表情，僵住了，"他——病了？什么病？"

常主任的眼角微微泛红，说："纵隔恶性淋巴瘤。发现时候，太晚了。"

沈丛就住在原先那位爱笑的阿姨曾住过的病床。病房门口的卡片还没有更换，主管医师挂的还是沈丛的名字。

我进去的时候，他正靠坐着闭目养神。他茂密的黑发已经没了，只剩下一个光光的脑袋。

我别过脸，擦了一把眼泪，挤出笑，在他的病床边坐下，说："沈医生。"

沈丛睁开了眼,依旧温和地笑了笑,说:"你来了。"

我说:"你好好养病,很快会好起来的。"

很苍白的安慰。

沈丛心里应该比谁都清楚。

他带着自嘲的笑,说:"人人都要走这条路。医生就是尽力把这条路上插队的拎出来,整理一下队伍的顺序。现在我自己插了队,纠正不回去了。"

离开安仁医院后,我很久没有说出话来。我木然地往前走着,慢慢地挪动着步子,不知不觉走到了安仁医院医生宿舍的门前。我的临时卡没有交还,还可以刷卡进入,我来到花坛边坐下。

这一条路,我和沈丛在深夜走过很多次。他加班到地铁停运后,都是和我一起走过去的,从初夏走到深秋。他的话不多,绝大多数时候,都是我在找话题。常常是我说了一大堆话后,他概括一下,然后给出简短的回应。

可现在,只有我一个人走这条路。

抬头往上看,天空湛蓝,我突然想起了几句诗:"白杨何萧萧,松柏夹广路。""人生天地间,忽如远行客。"

写得真好,真的,很好。

雾之泪

我心血来潮，跳上一辆汽车回老家去了。

老家叫文家镇，一镇的人都是一宗，是在徽州一个小山谷里的古镇，典型的江南水乡。一条小河从镇中流过，两岸是粉墙黛瓦的老屋。每到清晨、傍晚，雾气会从四面八方涌来，淹没整个小镇。那时万籁俱寂，只有漫天的雾。

我家的祖宅却没建在河边。在古镇边沿一条斑驳的青石板路就可以走到镇后满是竹林的茂山。我家的祖宅就依山而建，建在半山腰上的一片空地上。再往前走就是祖坟，镇上老了的人就会葬在那里。

祖宅现在只有曾祖母一个人住。她一生命苦。十六岁的曾祖母，如花的红颜，姣美如明月，但留在记忆里的只有忽明忽暗的烛光，窗外的竹林，以及无数个等待之夜的繁星。父母接了祖父祖母到城里去颐养天年，本来还要接曾祖母过去，但她说什么也不肯，她说她要在茂山的老屋，等着曾祖父归来。

在车上颠簸了好几个小时，我又走了一段路，终于在傍晚赶到了祖宅老屋。这时雾已经起了。借着黄昏夕阳的一点儿余光，我抬头看见门楣上的匾额，上书"茂山修竹"，油漆剥落斑驳的朱门两边有一副字迹暗淡的对联，"茂哉富贵辈辈传，竹矣诗书代代贤"，对得还算工整。就我看字的这一会儿，雾就遮天而来。我忙拍着门环，高声叫着："老太太，阿渚回来了！"我连喊了几声，声音在山谷里回荡，我有点害怕了。回头看了一眼，古镇在浓雾里漏着淡淡的几处黄晕，大约是灯光。

门"吱呀"一声开了，我吓了一跳，是曾祖母。很长时间没有看见她了，她更显老了。她的背明显弯了下去，风干的脸像老树皮，没有一点儿光泽。年过九十的曾祖母精神尚好，看起来很清醒。她眯着眼："是阿渚，快进来，外边雾大。"我进门后，曾祖母把门缓缓关上，"哐"的一声落了闩，然后踮着小脚，颤颤巍巍地在前面带路。

一进门便是一个巨大的天井，天井下是四周雕着瑞兽祥禽栏杆的水池，用来接天水的。绕过天井便是正堂——云渚堂。堂上挂着文氏祖宗的神像，神像下是一张长方形的案几，案上有一个冒着青烟的香炉。堂下有两排椅子，一排三张。这里是以前接待客人和商谈重大家事的地方，现在没了用处，但是仍被曾祖母打扫得干干净净。

曾祖母停下来:"阿渚,回来了就给祖宗磕个头吧。噢,现在不兴磕头,鞠个躬也成。"我还是恭恭敬敬地行了大礼。曾祖母挺开心,但笑容使她脸上的皱纹挤到了一块。她领我走进内堂。

曾祖母手擎灯笼,就凭着这点光我四处张望。老屋虽然破旧,但掩不住当年的富贵。这是和北京故宫的金碧辉煌截然不同的雅致隽秀,但在暝色下处处散发着旧日的气息,伴着氤氲的雾气,显得有些诡异。

曾祖母把我领到了内堂点着蜡烛的正室,她把灯笼的火吹灭了。

我很奇怪:"爸爸不是请人来装了电灯电话,怎么不用?"

"阿渚,我老了,那些东西我怎么也使不惯。"

我早已是饥肠辘辘:"老太太,我们吃什么?"

"瞧我",她慢慢地向后边的厨房走去,"阿渚,坐会儿,我给你热去。"

"我帮你。"

"不用,不用!"说着她就往里走了。

在有些阴森的老屋里,我不敢乱走,打量起这间屋子。这是内堂的正室,陈设与云渚堂大体相同。不过堂上挂的是一幅美人抚琴图,画上的美人神态平静中略带一丝忧郁,身后是一片隐隐约约的竹林。边上有一副对联:"修身养性谨持家,相夫教子贤惠人。"横批是:"贞德贤淑。"画前是一张八仙桌,桌上放着一座老式的时钟。桌子两边各有一把椅子。堂上也是两排椅子,不过椅子没有扶手。堂的两边左右各有一间厢房。曾祖母现在住在右边,有一道深蓝色的帘幕挡着。

我正掀帘进去,"当——"时钟敲了一下,我扭头看钟,六点半了。

曾祖母的房间与几年前没有什么大的改变,很是简朴。屋子里点着蜡烛,但仍显得昏暗。我抬头看见墙上的几张照片,都是很久以前的。其中有一张引起了我格外的注意:一个十五六岁的清纯少女端坐着,容貌姣好,眉宇间透出大家闺秀的气派,但是隐隐流露出淡淡的哀愁。我凑过去看到照片的一角写着"张蕙岫摄于民国二十一年"。这照片,我以前没有留意过,"张蕙岫",好熟悉的一个名字,可惜我怎么也想不起来了。

"阿渚,吃饭了——"曾祖母喊我。

我答应了一声就出去了。饭菜就摆在八仙桌上,味道一般,但我的确是饿坏了,狼吞虎咽地吃了起来。过了好一会儿,我才发现曾祖母盯着我看,眼神里分明是慈爱,但我仍被她看得有些不自在。她显然注意到了,就说:"吃慢些,别噎着,等一下我领你去你的房间。"

我的房间在二楼,对着屋后的茂山,听说是曾祖母年轻时住的屋子。曾祖母是文家的童养媳,本姓好像是张。我忽然想起那张老照片，大概那上面的女子就是年轻时的曾祖母吧。

曾祖母打着灯笼带我上楼，走在年久的木板阶梯上，踩得"咯吱咯吱"响。曾祖母轻声说："小心呀，慢点走，看清脚下的路。"

我忽得想起了什么："老太太，我好多年都没回来，那屋子还能住吗？"

"可以的，这老屋我天天都打扫。"

我愣了，这么大的老屋！"爸爸没请保姆？"

"请了，但我不想要，辞了。"她顿了顿，接着说，"我还做得动，几十年不都这么过来了。"

说着就到我的房间了。我快步上前推开门，窗子开着，外面漆黑一片。我走到窗前，一股经久的腐味呛鼻而来，山上忽地冒出几点淡蓝色的光，一闪一闪的，倏尔又消失了。我大惊，"老太太！"我猛一回头，曾祖母不见了。

一切就像是幻影，我精神恍惚了。

我恍恍惚惚地下楼，忽然发现昏暗的老屋一下子明亮了起来。灯火通明，张灯结彩，说不尽的繁华风流；人声鼎沸，笑语喧腾，道不完的莺歌燕语。我充满了恐惧和疑问。我想拉住一个人问问，但伸手过去，触到的仅是一团空气！我恐惧到了极点，难道我的老屋成了魑魅魍魉的世界。

于老屋，我似乎是一个十足的看客。

老屋还是老屋，但是新了很多，很是气派。红色成了老屋的主打颜色，大红双喜随处可见，像是在办什么喜事。我看见在我眼前来来去去的人们，我看得见他们，但是他们看不见我。他们中有的是用人，忙忙碌碌的；有的是宾客和主人，在客气地寒暄。他们的脸上是虚伪空洞的笑容，让我不寒而栗。

我不知不觉走过云渚堂，堂上有一对四十岁左右衣着华丽的中年夫妇在和宾客们寒暄，远远的，听见一班鼓乐声箫之音，奏的是喜庆的曲子。

"花轿临门啦——"我听见喊声，就跑到门口，只见一个喜娘搀扶着新娘进门，好多人都出去了，但是并未见新郎迎接。接着就是拜天地，还是未见新郎的踪影。我满腹狐疑，新郎在哪里？

好奇怪的婚礼，一场没有新郎的婚礼！

婚礼结束了，宾客们渐渐散去，但老宅还是灯火通明。我走到新房边，听见两个丫鬟在议论。

"大少爷出去念新书，回来就要退婚，真真把老爷太太气个半死！"

"就是，这书怎么越念越糊涂！还是太太英明，干脆把婚事办了，早结婚早好。"

"可是大少爷上回闹过之后，听说就不回来了。如果是真的，那我们这位大少奶奶也忒苦命了。"

"谁知道呢，这是命呀，也是没法的事。"

……

她们叽叽咕咕地议论着,我听了一阵心寒,这算什么结婚!

我推门进房,只见年轻时的曾祖母端坐在床上,在大红灯笼的映衬下,她施了胭脂水粉的脸显得异常苍白。身着嫁衣的她,面容悲戚……

我愣在那里,猛然想起我从小就没见过曾祖父的面,我还听见一个传言:祖父是曾祖母的养子,是从曾叔祖父家过继来的……

难道这一切都是真的!

"文家镇到了!"有一个声音像是从空中传来。我惊醒,是售票员,原来我还在车上。到达的时间比预期早了不少,我凭着模模糊糊的记忆来到祖宅前。眼前的景象让我震惊:祖宅化为断壁残垣,黛瓦雕甍倒塌后衰草丛生。

我伫立在老屋的遗址前,很久很久,金乌西沉,余晖斜泻到废墟上,满是荒凉。竹林在冷风里哗哗作响,像是在叹息,又像是一曲挽歌。我猛地想起阴霾的雾在黄昏时分会弥漫开来,我转过身向镇上狂奔。

在镇上小河边的青石板路上,我碰到一个老奶奶,是本家。"四奶奶!"我惊喜地喊道。

她一愣,端详着我认了半天:"哦,是文老大家的吧,是阿渚吗？回来啦，好久没见了。"

四奶奶热情地拉我去她家。

闲话的工夫，我就问："四奶奶，我家房子怎么倒了？老太太呢？"

她叹了一口气："你在外头有快十年没回来了吧，你家里没跟你说？你家老太太早没了，五六年了吧。真是个苦命的人。老太太走了没多久，你家房子也倒了。哦，我记起来了，那夜雨大得很，房子就倒了。"

"嗯，"我喝了一口热茶，"那我曾祖父呢？他怎么样？"

四奶奶听后不吱声了。

我心里全明白了，就不深问了："我明天想去看看老太太。"

"好好好，应该的，我帮你准备准备。"

清晨，镇上的大雾已经散去，我搀着四奶奶，在她的指点下，去了茂山的祖坟祭拜曾祖母。曾祖母的墓在山顶，墓碑对着进镇的公路。

阳光洒满大地，连这一片被遗忘的角落也沐浴在晨曦之中。我轻轻抚摸着墓碑，上面的露珠还没有干，我的手湿湿的，我的心也湿湿的。墓碑上"先母文张氏之墓"几个金字在阳光里熠熠生辉，我细细地看了墓志铭，很长的一段文字里尽是溢美之词，但总觉得有些华而不实。

我立了许久:"四奶奶,我们走吧!"

走到茂山脚下,我回望山顶,只看见一片竹林。那竹林后面曾有我的老屋,山顶长眠着我的曾祖母,她凝望着进镇的路。

可怜曾祖母等了一辈子,曾祖父都没有回来。

我叹了一口气,看看自己的手,手上的露水还没有干。这是雾的眼泪吗?

好在,现在的阳光很灿烂!